我只是个外公

〔德〕弗里德贝特·斯托内 著　〔德〕希尔德加德·穆勒 绘

常瑞 译

人民文学出版社

PEOPLE'S LITERATURE PUBLISHING HOUSE

著作权合同登记号：图字 01-2022-4497 号

Author: Friedbert Stohner, Illustrator: Hildegard Müller
Ich bin hier bloß der Opa

© Carl Hanser Verlag GmbH & Co. KG, München, 2020
Chinese language edition arranged through HERCULES
Business & Culture GmbH, Germany

图书在版编目（CIP）数据

我只是个外公 / (德) 弗里德贝特·斯托内著；
(德) 希尔德加德·穆勒绘；常瑞译. — 北京：人民文
学出版社, 2023
（别说你懂我）
ISBN 978-7-02-018034-9

Ⅰ.①我… Ⅱ.①弗… ②希… ③常… Ⅲ.①儿童小
说 – 中篇小说 – 德国 – 现代 Ⅳ.①I516.84

中国版本图书馆CIP数据核字(2023)第104001号

责任编辑　朱卫净　　杨　芹
装帧设计　汪佳诗

出版发行　人民文学出版社
社　　址　北京市朝内大街166号
邮政编码　100705

印　　制　山东临沂新华印刷物流集团有限责任公司
经　　销　全国新华书店等

字　　数　58千字
开　　本　890毫米×1240毫米　1/32
印　　张　4.125
版　　次　2023年7月北京第1版
印　　次　2023年7月第1次印刷

书　　号　978-7-02-018034-9
定　　价　35.00元

如有印装质量问题，请与本社图书销售中心调换。电话：010-65233595

目　录

第一篇
你确定吗？

　　我当然可以说"不"！但假如四个外孙用可怜巴巴的眼神看着你，问："可是你没有生病啊，弗里德外公，不是吗？"你还忍心说"不"吗？

　　不，我不会。然后便开始回想，我几年前不是一个人带着孩子们去过游乐园吗？除了其中一个外孙把番茄酱洒在了我的浅色长裤上，实际上也没有出过其他乱子啊。好吧，那时候不是四个外孙，而是两个。但是，天啊，不管他们是一次还是两次把番茄酱洒在我的裤子上，我都一样得把裤子送去干洗。再说了，这次我打算穿牛仔裤。

于是，我回答："是的，我没有生病。"

"这就是说——我们可以去游乐场玩了？"莎拉问。

"你也和我们一起坐过山车吗？"威廉问。

"还有'鬼屋小火车'和其他所有项目？"维尔玛也追问。

四人中年纪最小的丹尼倒没问什么。不同的是，他从餐桌前的椅子上跳下来，表演了一段他的喜悦之舞。只见他胯部左右摇摆，双臂在身前身后交替摆动。有人曾告诉我，丹尼所跳的这种舞叫"牙线舞"*。

"是的。"我重复道。

"你确定吗？"我女儿一边问，一边从后面抓住丹尼的毛衣，以免他像平时那样，在跳完喜悦之舞以后，再在软垫沙发上欢呼、跳跃、转上一圈。

---

* 牙线舞，也称甩手舞，是一种从2017年流行起来的舞蹈动作。

"确定什么？"我问。

"好好待着……小伙子！"我女儿喊道，明显在强忍着咳嗽。

说完，她猛烈咳嗽了一阵，才扭头转向我。

"你确定……要……带四个孩子去……游乐园？"她用嘶哑的嗓音接着说，"好好待着，丹尼，我说过的！"

"我不是在这儿嘛！"丹尼大声喊道，以此发泄心中的不满。显然这个六岁的男孩感觉自己受到了不公平待遇。

"当然。"我对女儿说。

"拜托了，丹尼。"这时我女婿也加入进来。

从他的嗓音可以听出，他的感冒比我女儿的更严重。在我们这个祖孙三代人共住的房子里，除了我，其他所有成年人全都感冒了。像往常一样，孩子们把病毒从学校带回了家，但是他们自己只是流了几天鼻涕。这是一个周五的傍晚，刚刚那顿晚饭也是整整一周来我们全家人第一次一起吃饭。莎拉一边用指尖捏着盘子里剩下的面包屑，一边小心翼翼地问起了周日去游乐园的计划。

"这个……恐怕……要推迟了。"我女儿回答时还因咳嗽中断了两次。我的女婿还有我妻子不约而同地拿起纸巾擤（xǐng）鼻涕。

"对不住啦，小家伙们。"我的妻子用纸巾掩口说道。我的女婿拿了一张皱巴巴的纸巾紧紧按住他通红的鼻子，然后耸了耸肩，点了点头。

关于出行安排的讨论就这样开始了。在我肯定自己没有生病，可以带四个外孙出行之后，讨论也就基本结束了。剩下的只是打打嘴仗，还有和丹尼的斗智斗勇。在我那个年代，丹尼应该会被叫作捣蛋鬼。这会儿他一动不动地站着，不再试图挣脱。但是，来自爸爸严厉的警告正如被妈妈牢牢抓住一样，明显都让他感到不公平。

"怎么了？我又没干什么。"他对爸爸抱怨道。

"你知道我是什么意思。"他爸爸用感冒的嗓音说道。

"我根本就不知道！"

"你知道。"

"但是，该轮到我收拾餐桌了啊！"只见他眼睛一亮，拳头紧握，大声喊道。

"没错，"他的哥哥威廉证实了这一点，"和我一起。"

他的妈妈半信半疑，松开了手。而事实证明，大人们的预料是对的。这个捣蛋鬼立刻兴高采烈地在软沙发上跳来跳去。像往常一样，在尝试从软沙发跳跃到单人沙发椅上时，他失败了。仍然是"砰"的一声，随即丹尼消失了好一阵子。过了好一会儿，他才咬着牙一瘸一拐地走上前，帮忙收拾桌子。而这时，他的哥哥已经收拾了一半的杯子，并放到了托盘上。

"你当真？"我的女儿脸上露出了有点儿歪斜的抬头纹。她曾半开玩笑地说，她的爸爸，也就是我，把有点儿歪斜的抬头纹和不太均匀的发际线遗传给了她。

“妈妈，他们把我的杯子拿走了。我还没喝完呢！”小女儿维尔玛抱怨道。

“根本不是这样！”威廉边说边举起一个确实已经空了的杯子。

“那不是我的！”

“是你的！”

“不是！”

“孩子们，拜托了！”我的女婿有气无力地说道。

“给……用……外公的！”我的女儿咳嗽着，摇摇晃晃地把我的空杯子和其中一个冷水壶推到桌子对面。

“这个壶里装的是不带气泡的水，我想要带气泡的！”维尔玛指着第二个冷水壶说道，可惜它已经空了。

“我这就去取点儿水来。”我的妻子抽着鼻子说。

在安静下来的一瞬间，我肯定地回答我的女儿：“当然当真了。”

第二篇
我们到了吗？

　　我没有参与这次游玩的事前准备，直到出发前我才接管了托付给我的"小羊群"。他们的着装与这样一个飘着云朵的春日倒也相宜：每个人都穿着牛仔裤、防雨的连帽外套，各自头上歪歪斜斜地戴着鸭舌帽，都是各自最喜欢的颜色。莎拉是粉色的，威廉是蓝色的，维尔玛是绿色的，丹尼是红色的。我的女儿把他们的小背包——也是他们各自最喜欢的颜色，还有我那个有点儿破旧的灰色登山包，一起放在家用面包车的后面，而我的女婿不断地提醒孩子们一定要听外公的话，就像听他的话一样。

说实话，我更希望是我的女儿来提醒孩子们。因为按照我的理解，从传统意义上来说，若说我的外孙们真听谁的话，那一定是他们的妈妈。事实上，在那个瞬间我很想这么说上几句，但是当我看到小家伙们一个个表情严肃地点了点头，便只好作罢。

"你确定……不需要我把你们送过去……然后再去接你们？"我女儿一边问，一边咳嗽。

"当然不用，为什么要这样？"我回答道。这时孩子们正爬向自己的座位——大的坐在后座，小的坐在最后的两个附加座位上。在这期间，孩子们没有像往常那样争来抢去，我感觉这是个好兆头。

在去游乐园的路上一路畅通，直到停车场前的最后五百米，车辆开始拥堵，而我女儿显然已经预料到了。

"妈妈说，星期天去游乐园是件苦差事。"在我们第一次停下来时，莎拉这么告诉我的。

"因为星期天的人是最多的。"威廉补充道。

"她什么时候说的？"我边问边将车子熄了火，看样子还会在原地停上一会儿。

"昨天晚上，你和外婆已经上楼回你们房间的那会儿。"莎拉回答。

"但是爸爸说，如果是全家人一起去的话，也只能在周日。因为他和妈妈周一到周五都得上班。"威廉接着说，"再说了，要怪也只能怪你自己，是你无论如何坚决要来的。"

我还在考虑如何不把责任推到露出可怜眼神的孩子们身上，进而把整个事情再解释一遍，突然我听到从车厢最后面传来"咔啪"两声。当我从后视镜观察时，维尔玛和丹尼已经超出了他们哥哥姐姐的头顶。这就是说，他们两个把安全带解开了，并且站在了座位上。

"我们到了吗？"维尔玛高兴地喊道。

"还没有。"我据实回答，"请你们赶快坐好，系上安全带！"

"为什么呢？"丹尼问。

"车子这会儿又没有动。"维尔玛叫道。

接着又是"咔啪"两声，很显然，莎拉和威廉觉得弟弟妹妹说得有道理。

"拜托了，孩子们，车肯定马上就走了。但是如果你们没有系好安全带，那我就只能继续停着。"我说。

我一直觉得，能够说服大多数孩子的最佳方式，就是把他们当作成年人一样来交谈，现在便是如此。果然，后座接连传来三声"咔啪"，只有丹尼依旧越过威廉的脑袋在东张西望。

这次我不再看后视镜了，而是直接转过头往回看。我感觉腰部右侧有一丝轻微的拉扯感，但我还是像以前那样保持着耐心。

"嗯，怎么了，丹尼？"我问，"你不愿意照着哥哥姐姐的样子做吗？"

"不。"他回答。

"为什么不呢？"我用一种听起来更像是好奇而不是生气的语气问道。

"因为我们还没有开车啊。"丹尼解释说。

我又感到腰部一阵拉扯，而这次更疼一些，但我并不想表现出来。我只是改变了坐姿，好让颈部和肩背部的肌肉放松一下。

"外公，你哪里不舒服吗？"莎拉问。

"是不是腰疼？"威廉问。

"有一次我爸爸也是，在车里转身时闪到了腰。"莎拉说。

"那次腰部的扭伤可真是要命。"莎拉回忆道。

"可我并不是。"我说完后看到在丹尼的旁边，维尔玛的小脑袋又探了出来。这一次，她一定是悄悄地解开了安全带。

"听着，孩子们……"我继续说。这将是第二次而且是更细致的解释，告诉孩子们，为什么临时停车不能解开安全带并在座位上爬上爬下的理由。我还没来得及继续说下去，突然响起了一场愤怒的鸣笛音乐会。

我吓得赶紧转过身来，这时腰那里不再是拉扯感，而是一阵剧烈的刺痛，然后我就看到我们前面出现了五到六辆卡车大小的空隙。我看了一眼左侧的后视镜，发现我们后面的车打了转向。那是一辆动力强劲的黑色越野车，一个年轻男子从侧窗探出身来，只见他剃着光头，肌肉发达的手臂上布满了文身。他正是用这条手臂，十分有力地为我指着前行的方向。由于连续不断的喇叭声，我听不清他在对我喊什么，但我能想象出来。

在还没启动引擎之前，我又听到两声"咔啪"，但我还是看了一眼后视镜。当我看到最后的附加座位上只是两顶歪戴着的红色和绿色帽子时，我发动了车子并跟上了前一辆车，很可惜，前面的车辆并没有继续前行。我们又停了下来，恐怕在到达停车场之前还会更频繁地走走停停。不过，从现在开始，我们把它变成了一个游戏：停车时，孩子们可以解开安全带，动来动去；然后来比赛，看他们系上安全带的速度能否比我再次发动并开走车子的速度快。

第三篇
您瞧，这才对嘛！

当然，我会让孩子们在"系安全带"的比赛中获胜。我们玩得乐此不疲，直到快驶入停车场入口时，一位身穿摩托车骑行装备的警察突然出现在我们的车子旁边。他从副驾驶一侧悄悄走了过来，敲了敲车窗，向我解释说，暂时的停车肯定不能成为孩子们解开安全带、在座位上爬来爬去的理由。

我自然可以把我们这个游戏的原委告诉这位好

心人，但是，何必呢？再说了，他说的也没错。于是我借用他的权威，对着后视镜厉声喝道：

"孩子们，你们听到了吧！"

没过一秒钟，我的身后传来四声"咔啪"。

"您瞧，这才对嘛！"警察一边说着，一边用手点了点自己的太阳穴，行了个礼。

他还没有走开，我的侧窗也还开着，在我前面的车流开始动起来时，我夹克口袋里的手机响了。在我看来，这位警察应该只是负责维护停车场入口的秩序，因为他的摩托车停在那里，但从那时起，即使是手机不再响的时候，他的目光也没有离开过我们。在到达停车管理员分配给我们的停车位之前，车又走走停停了好几次。一旦我停车熄火，他就会立即出现在我们周围。

"谁先发现警察？"是我们玩的第二场比赛。获胜者可以向他挥手打招呼，直到他也挥手回应。事实证明，维尔玛在这个游戏中所向披靡。还好，我们赶在丹尼马上要生气之前，到达了最终的停车位。

我们背上了背包，在大家最后一次向警察挥手告别后，警察回到了摩托警车上。我这才看了看又"嗡嗡"响了好几次的手机。不出所料，我收到了女儿的一条短信："没信号了？你们还在车上？"

　　"不，"我回复道，"难得星期天人很少。"

　　我侧拿手机，避免孩子们看到短信，但是他们似乎对发短信这事也不感兴趣。他们把目光全都集中在一辆白色的厢式小货车上，它就停在停车场路边一棵枝繁叶茂的橡树下面。那辆车的车顶装饰着一个巨大的彩色冰激凌蛋筒，在打开的售卖窗口上方写着"贝托里尼——意式冰激凌"。车前排起了长队。

　　"外公，我们能吃个冰激凌吗？"丹尼问。

第四篇

不，要巧克力的！

我先是看了眼售票亭，那里同样排起了长队，于是我和孩子们才在冰激凌车前排起了队。

"每人一个冰激凌球。"我说。

"平时我们每人都是两个。"维尔玛说。

"就一个，"我说，"如果要两个，就需要打电话问问你们的妈妈。"

要知道，我女儿是一名营养师。

"没问题，一个也行。"莎拉急忙插话道。

"对。"威廉说。

"也行，那我们过一会儿再吃一个。"维尔玛满意地说。

我正纳闷丹尼怎么这么安静时，这才发现，原来他已经挤到了我们前面的几个位置上。一个与他年龄相仿的小女孩向她的妈妈抱怨了丹尼几句，而女孩的妈妈正要把他送回来。

"我只是想先挑选一下！"丹尼抗议道。

"等轮到你的时候，你想挑多久就挑多久。"这位妈妈边说边将丹尼轻轻推出了队伍。

说实话，我很惊讶丹尼竟然能忍受。他只是阴沉着脸，慢腾腾地挪了回来。我也从来没有想过，他这么做可能是在为下一步的抗议而蓄力。在等待了漫长的十分钟之后（我特意看了下表），等终于轮到我们时，我才意识到这一点。

莎拉要了草莓味的冰激凌甜筒，威廉要了巧克力味的，维尔玛也是草莓味的，我自己习惯到喝咖啡的时候才会吃些甜食，至于丹尼，他还在考虑。除了草莓和巧克力口味之外，可以选的只剩下香草了，但他似乎很难决定。

"怎么样，小伙子？"友好的冰激凌小贩试图催促小客人加快些速度。

丹尼来回指着巧克力味和草莓味冰激凌，似乎在用默念"挑兵挑将"的方法来做出选择。

"巧克力还是草莓？"卖冰激凌的小贩问道。这是一位年纪稍大的先生，头上戴着一顶白色的船形帽，口音略带一丝意大利语的发音。

"香草，"丹尼说完，停顿了一下，"不，还是不要！"

已经拿着勺子伸向香草味冰激凌的手停了下来。

"要草莓味吧。"丹尼说。

"草莓味。"冰激凌小贩重复道，他要么是个好演员，要么就是耐心之神的化身。

"算了，还是巧克力吧！"

"确定了吗？"冰激凌小贩带着不可能是装出来

的笑容问道。这位男士果然是耐心之神的化身。

不太有耐心的是排在我们后面的一位女士。

"天哪，今天还能买成吗？"她问道。这可能是随口的一句话，但无疑为丹尼的延迟反抗——也可以说是他的复仇小计——提供了机会。丹尼转过身，用坚定的语气说："另外一位阿姨说了，我想选多久就选多久。"

顿时，窸窸窣窣的交谈声中多了几声轻快的笑声，但我感觉人群中不耐烦的情绪愈加明显。

"你想好选哪个了吗？"卖冰激凌的人笑着问，仿佛此刻他竟喜欢上了丹尼。

"现在我又忘了。"丹尼声称。

随之而来的是一阵异样的沉默。接着，一个铿锵有力的男声从身后传来："给他草莓的吧，挺好吃的。"

我回头一看，原来就是那个手臂上布满文身的光头男子。或者应该说，两个胳膊上都有文身，正如我刚才注意到的。

"不，要巧克力的！"丹尼抗议道，"我要巧克力的！"

当我再次转过身时，冰激凌小贩已经把冰激凌甜筒递了过来。丹尼心满意足地拿着冰激凌去找哥哥姐姐们了，他们就在离冰激凌车几步远的地方等着他。

"谢谢啦！"我回过头高声喊道。

"乐意效劳！"那位年轻男士回道。

"一共四欧元。"卖冰激凌的小贩说。我把手伸进左边的裤兜里，我通常会把零钱放在那里。可是，天哪，我的零钱！

简而言之，是这么回事：在出发前不久我才想起来，我应该穿牛仔裤。在匆忙换衣服的时候，我把零钱忘在了原来的浅色长裤里。所幸，我手上拿着装钱夹的背包，因为我不喜欢在人多的时候把它背在背上。友好的冰激凌小贩这会儿还没有失去耐心。可是当我翻出最小的面额是五十欧元时，他轻轻地叹了口气。

"外公，怎么了？"在我等待找零的时候，莎拉问道。

　　"怎么花了这么长时间？"威廉追问。

　　"你要给自己买一个冰激凌吗？"维尔玛很好奇。

　　"再等一下，孩子们！"我回道。

　　"找您四十六欧元。"冰激凌小贩说。

　　当他把钱从柜台上递给我时，我用余光看到只有三个外孙还站在冰激凌车的旁边。

　　而丹尼，不见了。

第五篇

站住，说你呢！

"丹尼！"

我确定他听到我叫他了，但他还是毫不减速地向售票亭跑去。我们其他人也只能大步跟在后面，速度再快的话，冰激凌可能就掉地上了。无论如何，想要追上丹尼是不可能的。

"丹尼！"我又喊了一次。

"别人叫他的时候，他从来都不会停一下。"莎拉实话实说。

"除非在妈妈找他的时候。"威廉告诉我。

"他要去哪儿啊？"我问。

"去厕所，"维尔玛说，"他吃冰激凌吃得太快了，这会儿他的肚子'咕噜咕噜'直叫。"

我一直紧盯着他——至少得盯着他那顶鲜艳的红帽子，看见他绕过售票亭前面的长队，径直向入口跑去。在游乐园过去还被叫作"童话公园"时，就是这扇铁质的大门。那个年代，这里唯一的游乐设施是一个儿童旋转木马，上面有各种木质动物和汽车的造型。那时森林里还建了许多木质陈列柜。陈列柜里演绎着著名童话故事中的场景，就像舞台的布景一样，甚至还配有几乎真人大小的木偶。不知道为什么，看着丹尼的时候，我想起了他妈妈小时候被吓哭的情景，因为小红帽的陈列柜里，有一匹大灰狼嘴里耷拉着一条狰狞的红色大舌头——也许是丹尼的红色帽子让我想起了那条舌头。

可是，丹尼的红色帽子突然从我眼前消失了。

随即我听到两个男人同时大声喊道：

"嘿，站住。"

"你快站住！"

"站住，说你呢！"

走近了，我看到喊话的是两个检票员。他们身穿深蓝色的制服外套，上面缀着闪亮的金纽扣，此时正激动地挥舞着胳膊。我猜丹尼就是从他们的眼皮底下溜走的。在入口大门处依旧看不到丹尼的身影。

"请问，刚才是不是有个戴着红帽子的小男孩从这里经过？"我问其中一个检票员。

"他或许是您的孩子？"他挑起眉毛反问道。

"是的，"我说，"他急着上卫生间，所以才这么慌慌张张的。"

"而您现在只想赶紧把他叫回来。"那个人边点头边问我。当然不是对我点头，而是朝一对推着婴儿车的年轻夫妇点了点头，他刚刚验了他们的门票。

"是的，请让我进去吧！"我回答。

"得了吧！"他说，"早在这里还是'童话公园'的时候，我们就知道这种小把戏了。"

"您是在暗示……"

"我什么也没说——请出示您的门票，那就没有任何问题了。"

"天哪，我还没买票呢。"我说。

"没错。"那人一边说，一边开始对着一大群成年人点数。从他们T恤上的字样来看，他们是同一家保龄球俱乐部的成员。

我在想我是不是应该像丹尼那样，悄悄地从这个顽固的家伙面前溜走。我平时经常去慢跑，而他的肚子几乎快把制服上的金扣子撑开了。但是把其他三个外孙单独留下，似乎也不明智。

"十三个人！"我听到那个男人得意地喊道，"可是，您只买了十二张门票。"

有那么一瞬间，我真希望保龄球俱乐部直接冲进去。就在这时，我听到莎拉在叫我。

"外公，快来，人家让我们先买票！"

莎拉、威廉还有维尔玛一起站在最近的售票窗口前，向我招手。

　　一个成人和最多四个孩子的家庭票是四十五欧元，我裤兜里的钱刚刚好。当然，我也向队伍中的好心人道了谢。

　　"别客气！"从队伍里传来回应声。

　　"这几个小家伙特别礼貌地询问了我们。"

　　"祝福您这几个友善的外孙！"

　　"祝您早日康复！"

　　"等等，为什么是'祝我……'？"原本我们已经买了票转身离开，听到这话，我疑惑地再次回头，然后，我看到的是一张张表示理解的笑脸。

　　"你们不会告诉他们，是我？"我低声问外孙们。

　　"是的。"莎拉说。

　　"我们不知道他们是否会相信丹尼的事。"威廉向我解释。

　　"而你在入口处跟那个胖子说话的样子，就像我们所说的那样。"莎拉说。

"没错，就像一个肚子疼得厉害的人。"威廉补充道。

"所以我们说，你吃冰激凌吃得太快了，而现在你拉稀了。"维尔玛高声说道，但又立刻被她的哥哥姐姐纠正了。

"我们说的是'腹泻'。"莎拉说。

"我们不能说'拉稀'！"威廉补充道。

我自己则保持沉默，其实我原本应该表扬一下孩子们的。毕竟他们是出于好意，才把腹泻的事安在了我的头上。现在，我只希望我们能快速回到入口，结果发现这并不容易。半路上，我们遇到了刚才那群保龄球俱乐部的人。如果不是我们闪躲及时，那些因为生气而气势汹汹的女士和先生说不定真有可能撞倒人呢。

走在保龄球俱乐部的后面，我还一度担心入口处更拥挤，幸好事实比想象的要好一些。而我们也不必着急了，丹尼正满面春风地站在那个迂腐的检票员旁边，挥舞着他的红帽子。

他说："这个叔叔送了我一些'甘炒'。"而那个检票员甚至没有看一眼我们的票，就挥手让我们通过。

准确地说，那是一个甘草蜗牛糖卷，从丹尼黑乎乎的嘴唇和嘴里还叼着的一小块糖就可以看出。

"当你拉稀的时候，你不能吃甘草！"维尔玛高声说道。

"那个叫作'腹泻'。"莎拉说。

"我们不能说'拉稀'！"威廉补充道。

"可我并没有啊。"丹尼说。

"那你为什么这么着急？"我问他。

"我以为要拉稀，"他说，"但后来只是放了一个响屁。"

"那个叫作'腹泻'。"莎拉说。

"不能说'拉稀'。"不出所料，威廉接着补充道。

"玩得愉快！"那个穿着紧身制服外套的检票员对我们说。

"谢谢！"孩子们齐声回答。

我虽然不记仇，但我也没办法让自己去感谢那个人。另外，我现在急需来一杯咖啡。

第六篇
所有人都以为，
是外公干的！

　　我记忆中的咖啡馆是小而温馨的。以前的咖啡馆，就在一节废弃的马戏团车厢前摆上几张摇摇晃晃的桌椅，咖啡则是需要自己去取的。而现在，我们是在一间大大的玻璃房里找位置坐下，然后服务员会前来招待。

　　"您想点什么？"一位年轻的服务员问道。他同样穿着缀有金色纽扣的蓝色制服外套，显然游乐园里所有的工作人员都这么穿。

"一杯卡布奇诺，谢谢！"我说。

"给小家伙们来个冰激凌吗？"服务员问。

我正打算向他解释他们刚吃过冰激凌，但他们四个回答的速度更快。

"不，要可乐！"四个人齐声喊道。

"而且你不用给妈妈打电话。"莎拉告诉我。

"因为在短途旅行时我们可以这么做。"威廉向我解释了莎拉的意思。

"对的，可以喝可乐。"维尔玛澄清了任何可能会产生的误解。

"而且我的肚子不再'咕咕噜噜'响了。"丹尼向我保证。

"好吧，"我严厉地看着他们说，"你们刚吃完冰激凌，要两杯可乐就够了。"

我正打算这么和服务员说的时候，很可惜他已经不见了身影。不一会儿，当他端着四杯冒着气泡的棕色液体回来时，我觉得也没有必要再让事情复杂化了。

"卡布奇诺还要再等一会儿。"他告诉我。

事实上，等孩子们都喝完了可乐，我的卡布奇诺还没有来。等到服务员终于把咖啡放到我面前的时候，我听到桌子底下传来一阵奇怪的咕噜声。起初我以为是从邻桌溜过来的狗发出的声音，但后来威廉指着他的弟弟说："是丹尼的肚子。"

"他的肚子又'咕噜咕噜'叫了！"维尔玛惊呼。

"是吗？"我问丹尼。

其实只要看一眼他的脸色就知道了，这个小家伙显然很痛苦。

"我想我需要去趟厕所。"他双手按在肚子上，虚弱地说。

"去洗手间先出门，再左转！"我听到那个年轻的服务员在我身后说。

当我回头时，看到他正在为邻桌点菜。那里坐着一对年轻的夫妇，他们带着两个学龄前的孩子。

"一杯卡布奇诺、一杯拿铁。"年轻的爸爸说。

"一杯卡布奇诺和一杯拿铁，没问题。给小家伙们各来一个冰激凌？"

"你能搞定吗？"我问丹尼。

"再搞定一个冰激凌？"丹尼问我。他的脸因为疼痛而扭曲着。

"不，是问你能不能坚持到厕所？"我说。

"应该可以。"他呻吟着说。

"那就来吧！"我说完就拉起他的手。

"好耶，冰激凌！"邻桌的孩子们欢呼道。

"一杯卡布奇诺和一杯拿铁。"年轻的爸爸重复了一遍。

"我们的孩子吃什么还是由我们自己决定的。"那位年轻的妈妈如此告知那位很擅长做生意的服务员。

这时，我和丹尼已经起身。

"你们在这里等着，不要乱跑。"我对另外三个外孙说。

"时间久的话，再来一杯可乐？"服务员问道，似乎那位年轻妈妈的不悦与他毫不相干。

"不要！"我一边走，一边用我禁止我家格鲁上沙发时使用的语气说道。格鲁是一只年事已高、毛发灰白的巨型雪纳瑞，并且它早就双耳失聪了。

"抱歉，我只是随口一问！"那个年轻人在我身后说道。

"卡布奇诺和拿铁还没好吗？"我听到年轻的爸爸问服务员，然后我们就出了门。

幸好，丹尼已经知道卫生间在哪儿，而且从这里过去并不远。唯一的问题是，与先前吃完冰激凌的快速奔跑不同，这个可怜的小家伙现在只能小心翼翼地踮着脚小跑。半路上，我不得不放开他的手，好让他两只手都可以按在肚子上，我开始担心可能会出现最糟糕的状况。还好，最后我们平安无事地到了卫生间，而且很幸运，我们立刻就找到了一间空着的隔间。

丹尼一进里面，我就听到了一些声响，这让我想起那趟迄 (qì) 今为止最美好的旅行。那一次，我和妻子去了卢旺达旅行，在那里我们非常幸运地近距离观察了著名的山地大猩猩。当地导游让我们做好心理准备，因为这些山地大猩猩吃了大量的树叶和果实，即便知道这些神奇的动物是如此庞大，它们发出的巨大声响还是令人难以置信。

对于我们来说，当时的那些声响就像近在咫尺的滚雷，之后我再也没有听到过这样的声音——直到现在，我再次从丹尼的小隔间里听到了这般声响。

"丹尼，你还好吗？"我喊道。

"我没事！"他回答。

话音刚落，我感觉自己再次回到了卢旺达的热带雨林。但没过一会儿，我最小的外孙从隔间里出来了，并且满脸喜悦地报告："这次放了两个屁！"

然后他乖乖地洗了手，因为我摸了入口处的门把手，所以我也陪着他洗了手。当我们擦干手后，有两个男士几乎同时从丹尼左右两侧的隔间里走了出来。他们面面相觑，紧接着摇了摇头，似乎在说："不是我！"然后，当他们看到我和丹尼时，他们的表情清楚地表明了他们怀疑的是谁。

我并不在意这个误会，但是丹尼很不乐意。

"那是我！"他冲那两个人高声说道，"外公连一半的声响都做不到！"

我把他推出门外，但这件事仍然让他心神不宁。很明显，这两个男人的错误判断违背了他强烈的正义感。

"没错！"他说，"我可以在整个幼儿园里放出最响亮的屁，大家都这么说！"

"尽管如此，你能不能帮我个忙，说话声音小一点儿？"我问他。

"为什么呢？让大家都知道也没什么，我放屁的声音就是整个幼儿园最响亮的！"他抗议道。

他一说完，所有人都回头看向我们，之后丹尼一直到咖啡厅都没再说话。我以为他已经冷静下来了，但其实他是在暗暗攒劲儿。当我们走进咖啡厅，他花了几秒钟找到他的哥哥姐姐后，便用他那银铃般响亮的童声宣布："我放了两个全世界最响的屁，但大家都以为是外公放的！"

　　不出所料，我的卡布奇诺已经凉了，但我还是喝完了。然后我招手让年轻的服务员过来买单。我没有给任何的小费。我自己当学生时也做过服务员，知道这是一份多么辛苦的工作，所以我总会给小费，甚至还给很多。但是，这次不会。

第七篇
他真的在喂大灰狼！

　　走出咖啡厅，我还在考虑该往哪里走的时候，丹尼就问我现在是不是终于可以去玩点儿什么了，别总是坐在那里喝咖啡。我没有回答，而是直接决定向右走，因为这样就可以绕过卫生间，不然一定会让丹尼再次提起那个他最喜欢的话题。

　　"这是去过山车的方向，对吗？"威廉问。

　　事实上，我们已经看见过山车在树梢的上方高高耸立着，而去那里的话，我们就必须穿过眼前的小树林。

令我惊讶的是，我原以为那些木质陈列柜早已拆除，没想到竟然还剩下一个矗立在小树林里，而且剩下的那个恰好还是小红帽的陈列柜，一时间我感动得快要哭了。与以前不同，现在陈列柜前面安装了一块玻璃保护板。在以前，人们可以走进陈列柜里，甚至可以摸一摸那些展出的童话人物。只不过，那会儿也没有人想到要这么做。现在，陈列柜旁边的展板上写着："故事要从童话公园说起……"

"我一定给你们讲过，你们的妈妈小时候曾经因为这里的大灰狼而哭得很伤心……"

我还站在原地，没发现孩子们已经继续向前走了，他们在几步之外等着我。我朝他们招了招手，虽然并不怎么情愿，但他们还是回来了。我指着大灰狼，从头说起："我一定给你们讲过吧，你们的妈妈小时候曾经哭得很伤心……"

"因为大灰狼的嘴里耷拉着一条可怕的红色大舌

头。"莎拉打断我的话。

"每当你感觉我们在玩很可怕的电脑游戏时，你总会提起这个事。"威廉说。

"这样爸爸妈妈就会知道，有些孩子是很敏感的。"莎拉补充说。

"但是，我们一点儿也不敏感。"维尔玛说。

"而且，我们主要玩《我的世界》*。"莎拉向我解释。

"那里面根本不会出现大灰狼。"威廉仔细地解释了莎拉的意思。

我还在想是否有必要在游乐园里和孩子们讨论电脑游戏时，我注意到维尔玛瞪大了眼睛盯着我旁边的童话陈列柜。一开始我还以为她对大灰狼有了兴趣，然后我看到她轻轻推了推一旁的威廉。

我转过身，先是看到用刨花板锯成的小红帽和大灰狼一如既往地站在绿色树丛里，接着我看到丹尼从一棵树后面探出了脑袋。陈列柜前的几个孩子把鼻子贴在大玻璃窗上，其中一个小男孩回头问：

---

* 一种沙盒类电脑游戏。

"妈妈，树林里的那个男孩是汉塞尔吗？"

"《小红帽》里没有汉塞尔，你这个笨蛋！"站在他旁边的一个稍大一点儿的小姑娘训斥他道。

"妈妈，她又说了'笨蛋'！"男孩抱怨道。

"因为汉塞尔没有出现在《小红帽》里，而是在《糖果屋》里，笨蛋！"女孩继续说。

"妈妈，她又说了！"男孩带上了哭腔。

看来这两个应该是姐弟，他们的妈妈显然已经习惯了，所以她根本没有任何反应，她只是想知道，这陈列柜里的男孩究竟在哪里。事实上，这会儿确实看不到丹尼的身影了。

"他刚才还在那里呢。"男孩说。

"没错，"他姐姐说，"只不过，那不是汉塞尔，笨蛋！"

"妈妈！"

"唉，孩子们，拜托了！"我听到妈妈叹了口气，说完她把两个孩子从玻璃窗前带走，朝过山车走去了。

我也很想把丹尼从玻璃窗后面带出来，可是我毫无头绪，不知道如何才能进入柜子里面。也许陈列柜后面有一扇门，而且很明显门没有上锁。

这时窗前出现了一阵小小的骚动。为了找到那个消失的男孩，所有聚集在那里的孩子都在跑来跑去。我看到后面有一棵树摇摇晃晃，会不会是丹尼正在朝后门走去呢？

很遗憾，并不是我想的那样。

"那里！"

"他又出现了！"

"现在他在看小红帽的篮子！"

"他想把蛋糕取出来，但是蛋糕被卡住了！"

"也许他想喂给大灰狼！"

"现在他拿到蛋糕了！"

"他真的在喂大灰狼！"

不用看也知道丹尼在陈列柜里做了什么。窗前的孩子们一直报告着最新进展。莎拉、威廉和维尔玛也站在他们当中，此时正向他们的弟弟比画着，想让他赶紧从陈列柜里出来，停止这场闹剧。当然我也试着借助手语把他叫出来，或者更准确地说，用一种大力挥手的方式，以至于我把一位站在我斜后方的女士的草帽从头上碰了下来。她弯下腰捡帽子，当她再次直起身子时，我看到她穿着一件带有金色纽扣的制服外套。

"对不起！"我说，并立马停止挥手，但她只是眼睛直直地看向前方的小红帽陈列柜。

这位女士个子不高，身材有些圆润，年龄应该和我差不多。她踮起脚尖，想要看清陈列柜里究竟发生了什么。

丹尼这时正在试着折叠或者说卷起一块用某种泡沫制成的"蛋糕"，以便把它放进大灰狼的嘴里。当他发现两种方法都行不通的时候，他开始拉拽那根红色的大舌头。

"他要把大灰狼的舌头扯出来！"

"大灰狼真是活该！"

"至少这样它就不会去吃可怜的老奶奶了！"

"倒也不一定，它还有锋利的牙齿呢！"

正如我刚才所说，当我注意到那件制服外套后，我就不再朝丹尼挥手了。但是这位个子矮小的女士睁大眼睛惊恐地看着我，问："里面的那个男孩或许是您家的吧？"

我正想点头，可还没等我回答——也许她和我一样看到了，丹尼在试图扯出舌头但没有成功后，开始猛击大灰狼的獠牙。

"等一等，小朋友！"我听到那位女士突然激动地喊道，然后她就冲了出去。

我看到她消失在陈列柜后面的同时，丹尼在里面开始了他的喜悦之舞。他最终还是做到了，他把小红帽的蛋糕卡在了大灰狼的牙齿上。此刻，玻璃窗前爆发出一阵震耳欲聋的欢呼声。

"噢耶！！！"

"他堵上了大灰狼的嘴巴！"

"快看，他多会跳舞啊！"

"哇哦！"

我甚至觉得听到了多声部的"好极了，丹尼！"这样的欢呼声，只可能来自他的哥哥姐姐。

　　然后，那个穿着制服外套、戴着草帽的女士出现在展示柜里的小树丛里，就在这时，展示柜外的欢呼声戛然而止。远处传来一阵过山车乘客的尖叫声，除此之外一片寂静。丹尼和那位女士四目相对。

　　"那是小红帽的奶奶吗？"我听到一个微小的声音在问。

　　"胡说，那是他的奶奶！"孩子群中有人回应道。

　　就在这时，那位女士向前一跃。以她的年龄来说，她的身手出奇的敏捷，但这对丹尼来说，当然还是不够。当她向他伸出手的一瞬间，丹尼先是像蛇一样绕过了大灰狼，紧接着在小红帽那里急转方向，最后消失在刨花板锯成的树丛之中，他身手矫健，就像参加滑雪障碍追逐赛的运动员一样。

　　玻璃窗外爆发出新一轮的欢呼声，那位女士很明智，没有再去追赶丹尼。她转身去查看小红帽的那块蛋糕，而丹尼就任他去吧。事实证明，把蛋糕从大灰狼的嘴里拿出来比想象的要容易，轻轻一拽就好了，蛋糕甚至还是完好无缺的。这位女士把蛋糕稍微捏了一下，就重新放回小红帽的篮子里，一切恢复如初。然后她又看了看小红帽和大灰狼，我第一次看到这位女士笑了。

这下，外面的孩子们却很生气。

"唏——"

"现在她把一切都毁了！"

"可怜的大灰狼！"

"如果现在大灰狼饿了，要去吃小红帽的奶奶，那就是她的错！"

"唏——"

那位身穿制服外套、头戴草帽的小个子女士摇了摇头，消失在树丛里。突然我感觉有人扯了扯我的衣角。原来是丹尼。

"现在我们可以去坐过山车了吧？"他问。

第八篇
不是您，是孩子们！

在我的童年时代，惩罚被视为最主要的、在很多情况下也是唯一的教育手段。孩子们得因为自己的所作所为而受到惩罚，或者按那个年代的说法，叫作咎由自取。或许孩子的行为是出于一个良好的动机，但是大人对此并不关心。现在我们会去询问孩子的本意，这也是——不，恰恰是——针对像丹尼这样的小捣蛋鬼所应该做的。于是在去往过山车的路上，我问他，是不是想要救出小红帽的奶奶，才去喂了大灰狼。

"外公的意思是，这么一来大灰狼就吃饱了，也许就不会再去吃可怜的老奶奶了。"莎拉更仔细地解释了我的问题。

"那样的话，这就是一个善意的行为，而不仅仅是一个愚蠢的主意。"威廉又用其他的话解释了一遍。

"胡扯！"丹尼说，"那只大灰狼根本就不是真的。"

"那它是什么做的？"莎拉问。

"我觉得是木头。"丹尼回答。

"舌头也是？"维尔玛问，"还是说它软软的、黏糊糊的？"

"不，硬邦邦的，还干巴巴的。"丹尼回答。

"所以很可能也是木头做的。"莎拉猜想道，威廉随即点了点头。

说话间，我们已经走到了陈列柜所在的小树林边缘，而丹尼似乎对大灰狼这件事失去了兴趣。总之，他不再去证实莎拉有关舌头的猜测，而是仰头站着，感叹过山车这令人恐惧的高度。更确切地说，这高度只是令我感到恐惧。孩子们很兴奋，如果不是我及时喊了一声"停！"，他们恐怕早就跑走了。

他们四个停下脚步，诧异地回头看着我。

"是你说我们可以去坐过山车的呀。"维尔玛说完，微微噘着下嘴唇，不过嘴唇还没有颤抖。这等于告诉我，我依然有机会改变主意。

而其他三个人已经从刚才的诧异，变成了一种被得罪了的表情。

"我们会去坐过山车的，"我说，"但是在没有票的情况下，他们不会让你们乘坐，对吗？"

作为回应，三个人都点了点头，而丹尼翻了个白眼。

"另外，我还想问丹尼一些事情。"我继续说。

紧接着又是一个白眼，但是我并不担心，因为我知道，丹尼只有在两眼放光、双拳紧握的时候，才比较危险。事实证明，我对他心神状态的猜测是对的。我问他："你愿意告诉我，你为什么要把蛋糕放进大灰狼的嘴里吗？"他耸耸肩说："不为什么。"

"他总这么说，这你是知道的呀。"莎拉似乎很吃惊，我为什么会问这样一个多余的问题。

"也就是说，每当有人问他为什么要调皮捣乱的时候，他总这么说。"威廉向我解释了他姐姐的意思。

"或者，他打算调皮捣蛋的时候。"莎拉补充道。

"就算妈妈问他，他也这么说。"维尔玛很清楚。

"我们现在可以走了吗？"丹尼问。我点了点头，但是要求他们四个和我一起排在过山车入口前的长队里。我不希望有任何人——我再次强调说"任何人"——试图偷偷挤到前面去。说话的时候，我并没有特意看向某一个。

"那我们先去买票吗？"莎拉指着离入口不远的售票处问道，那里也一样排起了队。

"我们已经有了。每个人都可以乘坐一次过山车，这是随门票附送的。"我向孩子们解释道。现在只剩下等待。

我不知道是否有人计算过，我们在游乐场里真正游玩的时间有多久，而排队的时间又有多久。我感觉排队的时长明显要长许多。但是，正在排队的大多数人似乎并不介意。我的四个外孙也不例外，他们和其他排队的孩子一样，每当一趟过山车在头顶高处风驰电掣驶过，他们都会随着车上的乘客一起欢呼。

就我个人而言，除了欢呼，让我做点儿别的什么都好。比方说，来一杯卡布奇诺。如果能加冰的话，那就更好了。如果我是一个人，那我肯定马上掉头就走，在咖啡厅里舒舒服服地坐上一天。我会点上一杯卡布奇诺，或许再配上一块蛋糕。这次我一定会给那位年轻的服务员一些小费，不管他是否应得。

"外公，你知道过山车又被叫作什么吗？"威廉问。

"呕吐物磨坊！"我甚至还没来得及去思考答案，维尔玛就已经脱口而出了。

那会儿刚好有一辆过山车呼啸而过，我还正好看到了几个成年人满脸不悦地看向我们。我们不能去指责孩子们的这种恶趣味，但我非常理解那些不悦的神情。最后，我突然闪过一个念头，谢天谢地，还好我刚才没有吃冰激凌！

当我终于想起早餐吃了溏心蛋的时候，我们已经走到了两个身穿金色纽扣蓝色制服外套的检票员面前。然后我也没空再去想溏心蛋的事了。转眼间，我的脑海里冒出另外一个想法，我想溜之大吉，让孩子们自己乘坐吧。就在这时，两个检票员中的一个开口问道："多大了？"

"六十八。"我回答。

"不是您，是孩子们！"检票员始终面无表情。

"六岁，七岁，九岁，十岁。"丹尼、维尔玛、威廉、莎拉依次说道。

"你已经上学了吗？"检票员问丹尼。

"是的，"丹尼骄傲地说，"秋天就上学了，我已经买了一个蜘蛛侠的书包。"

"那你得和外公一起，这样他就能照顾你了。"检票员说。

"一起去上学？"丹尼问。

"不，现在一起坐过山车。"检票员说。

这么一来，我还是忘记刚才那个想提前开溜的怯懦想法吧。

第三个穿着制服的工作人员引导我们来到过山车旁，向我们解释，孩子们最好把帽子放在背包里，而背包最好放在座位下面。然后他给我们指了指我们的座位，莎拉和维尔玛坐一起，她们的后面是我和丹尼，我们的后面是威廉，他的邻座我们倒也认识，就是那位双臂布满文身的光头年轻人，他友好地和我打了招呼。直到现在我才注意到，他并不是一个人来玩。他的后面坐着一位年轻的女士，还有一个八九岁的小男孩。除了发型，这个男孩简直长得和他一模一样。那位年轻女士的手臂上也有同样的文身。我由此断定，这一定是夫妇两人以及他们的孩子。事实证明我的断定并没有错，过山车缓缓启动的时候，这位年轻女士倾身向前，微笑着问："亲爱的，还是有点儿紧张吧？"

我们可以猜到答案：这位硬汉露出了淡定的微笑。当过山车猛地向前开出时，他的小儿子问他是否知道过山车的另一种叫法。除了微笑，我没能看到他是否摇了头，因为在过山车开出之后，我立马回头向前看。但是他肯定对儿子摇了摇头，因为过山车行驶到一段特别陡峭的上坡时——陡到我必须抓牢扶手，他的小儿子在其他乘客爆发出第一声欢呼前大喊道："心梗加速器！"

我还记得我在那一刻的想法。我在想，也许这个小家伙不知从哪里无意间学到了这个词，可能他自己都不知道是什么意思，但不得不说，用在这里还真贴切呀！

之后，我的大脑一片空白。我们已经到达陡峭上坡的最高点，在短暂的停顿之后——至少在我看来像是停顿——过山车便沿着同样陡峭的坡冲了下去。

第九篇
噢耶！噢耶！噢耶！

　　不知道为什么，直到我们以极快的速度向下俯冲的时候，我才突然想起来，我以前坐过过山车。就在我还是个学生的时候，那是在一次节日集市上，坐过山车不过是避免在朋友面前出丑的无奈之举。我已经完全记不得那趟坐过山车的任何画面，因为我从头到尾全程闭着眼。我只记得震耳欲聋的"哐当哐当"，还记得因为没有软垫子，我在硬木头车厢里被撞得身上青一块紫一块。

现在，在过山车急剧下降的时候，我只能听到尖叫声。过山车几乎毫无噪声地行驶着，我被离心力压在了座位上，而这个座椅比我心爱的阅读椅还要柔软。尽管如此，我还是紧闭双眼，就像我的第一次也是迄今为止唯一一次坐过山车那样。

可是，接下来我甚至不敢说我能否坚持到最后，我已经生无可恋。从一开始我就踏上了一段违背我自己意愿的旅程，况且还没有回头路可走，我只能在空中听天由命。

"耶！！！"我从所有的叫喊声中听出了丹尼的声音。

随后出现了一个颠簸，就我而言，它带来了两个后果：一是我被更用力地压在座椅上，二是我被风刺得合不拢眼睛，而我毫无反抗之力。这会儿过山车正在爬一段陡坡，我用尽全力抓紧扶手，而我看到我的三个外孙高举双臂，欢呼雀跃。我局促地坐着，想再回头去看剩下的外孙威廉，但显然是不可能了。不过我觉得，他的开心程度一定不亚于他的兄弟姐妹。

这次的上坡路段比第一次的短，更准确来说，是出乎意料的短，以至于紧接着的一个急速左转弯让我毫无防备。如果是以前那种老式的过山车，我恐怕早就被甩向硬邦邦的车厢壁。但是这会儿我只感觉到，过山车轻轻地顺着弯道倾斜，柔软的靠背慢慢从左边压向右边。令我惊讶的是，这让我的腰疼有所缓解。不是我停车后又添了什么疼痛，而是开车那会儿的剧烈刺痛没有完全消失，腰部肌肉多少还有些紧张。其实，刚才已经有人注意到了，工作人员在带领我们坐到座位上的时候，一度还准备搀扶我。只是我巧妙地避开了他，他才没有成功。现在这下——就在过山车微微向弯道倾斜时——这一丝紧绷感竟然消失了！上次有这种感觉，还是在体验一次臭气熏天又贵得要命的泥浆浴的时候。

"噢耶！"我的外孙们在过山车向右转弯倾斜时，高声欢呼。

就差那么一点儿，我也可以跟着一起欢呼了。又一次俯冲在最后一刻阻止了我，而这次让我差点儿喘不过气来。

　　"太好玩了，对吧，外公？"丹尼从斜下方对着我的耳朵喊。

　　"耶！"我喊着回应道。我只是担心，这声回应听起来更像是来自阿尔卑斯山间的遥远呼喊，因为恰巧那会儿过山车又将我们朝上拖拽。

　　在过山车再次向上行驶的时候，我才意识到我的眼睛一直是睁着的。在剩下的时间里我再也没闭上过眼睛。我们在高处平缓地行驶了很久，我开始欣赏远处山峰的美妙景色。两个外孙女指着两座教堂塔楼给我看，我跟她们解释那就是我们城区里的那座。当丹尼说教堂不远处的一团云雾看起来像是一群水牛时，我不同意。

　　"更像是拖拉机。"我对他说，可"拖拉机"的发音变成了"拖拉——机"，因为就在那时，缓慢的行程到了尽头，我们又开始急速下冲。

之后，我们又上上下下了好几次。当我们最后一次在高空滑行时，我甚至敢回头看威廉了。我看到他从扶手的侧面朝下看，好像在盘算是否可以通过环绕交错的支柱和轨道爬下去，这样就不必一直无聊地在轨道上跟着行驶的过山车移动。我可不会冒出这样的念头，哪怕只朝地面看上一眼也不愿意。

几秒钟后，我们的过山车像放慢动作一样开始向前倾斜，我回头看向前方，但眼睛的余光看到了威廉的邻座，那位有文身的爸爸突然用双手捂住了嘴巴。其实，我感觉他之前就已经脸色苍白、异常安静，但我并没有多想。

在紧接着的最后一次高速俯冲时，我没空去琢磨我身后的那位年轻男士的举动，因为我被更好玩的事吸引了。我开始加入外孙们，一起高呼"噢耶！"。我甚至还挥舞双臂，好吧，虽然只有几分之一秒，但我终于尝试了一次。

我们下车时，那位年轻爸爸的窘境无法让人视而不见。威廉帮他打开安全带扣，我和他的妻子一起把他扶出了座位。

"叔叔现在要吐了吗？"丹尼见状问道。我让他和哥哥姐姐先朝出口方向走。

我们先把这位男士搀扶到一张长椅上坐下，显然这座椅就是为这种特殊情况准备的。长椅的左右两侧都设有清洁袋自取机。

"谢谢您，没事了。"当我询问是否还需要其他帮助时，这位女士如是回答。

他们聪明懂事的小儿子已经在爸爸的旁边坐下，抚摸着爸爸的手臂安抚他。那位年轻的妈妈则转向其中一个清洁袋自取机，脸色苍白的爸爸仍然将双手捂在嘴前。

"外公，你来吗？"我听到了丹尼独特的银铃般的声音。

这么一来，这位年轻男士的声音显得越发悲惨和低沉。他的脸对着清洁袋，然后，我听到了他说的倒数第二句话："我真不应该吃那个冰激凌……"

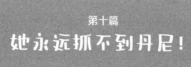

第十篇

她永远抓不到丹尼！

　　我看到孩子们重新戴上帽子，背上书包，一起乖乖地站在出口旁边等着我。我真有点儿为他们感到骄傲。按照我小时候的说法，他们就是一群淘气包，但绝对是一群善良的淘气包。

　　"那现在干什么呢？"丹尼问。

　　"我们去坐'鬼屋小火车'吗？"维尔玛问。

　　"我还没有想过这个问题，"我如实回答，"你们觉得呢？"

"最好先去玩'激流勇进'。"莎拉建议。

"呃……这样我们都会湿掉的。"维尔玛摇了摇头。

我完全不知道游乐园里还有"激流勇进"这个游戏项目，显然孩子们已经做足了功课。

"玩'激流勇进'的时候就应该被弄湿啊，不然就不好玩了。"莎拉向她的妹妹解释道。

"但是我不想被弄湿！"维尔玛亮明态度。

"那你就别去。"莎拉耸了耸肩说。

"你才别去呢！"维尔玛回道。

"我又不介意被弄湿。"

"我也不介意——但是，我就是不想去。"

当我抬起手臂试图调和时，已经太迟了。

"因为你就是一个顽固的大嗓门！"莎拉吼叫着，眼神闪烁。

"顽固的大嗓门总好过长着大脚丫的豆芽菜！"维尔玛下唇颤抖，抽着鼻子说道。

小孙女几乎要哭了。也许豆芽菜和大脚丫正中要害，但不管怎样，大孙女的下唇也开始颤抖了。当两个女孩也像她们的兄弟那样，在即将爆发前握紧了拳头时，我向前走了一步，以便在必要时将两人分开。

"莎拉、维尔玛，拜托了，你们两个犯不上为这个吵起来吧。"我说。

两人拳头紧握，下唇颤抖，气呼呼地从我的身边走开了，我连忙追了上去。两个男孩没打算掺和，所以很快就看不见他们了。不过，我仍然能够听到他们的说话声。

"外公那个叮当乱响的背包呢？"我听到丹尼在问。

"不会还在过山车上吧。"我听到威廉回答。

糟糕！我转过身去，看到两个外孙用手指着过山车。那辆过山车正在我们的头顶高处，行驶到缓慢路段。我的背包在上面，背包里有我的钱包，里面装着我的全部家当，这是我们这一代人的习惯。我依然习惯随身携带所有现金、银行卡、信用卡以及我所有的证件。当然，背包里还有我的手机。

"你得快点儿赶到那里，以免有人下过山车时顺手拿走你的包。"威廉分析得很有道理。

"我先冲过去！"丹尼边喊边跑。

"剪刀，石头，布！"我听到女孩们在我的身后说道。

"我赢了！先坐'激流勇进'！"莎拉喊道。就在这时，我看到丹尼从一个写着"禁止入内"的牌子下钻了过去。

没过一会儿，一个我还算熟悉的身影——那个身穿制服外套、头戴草帽的小个子女人站在了我的面前。

"您不能从这里过去。"她说。

"我在找我的外孙，"我解释道，"或者说在找我的背包。"

"究竟找哪样，您的外孙还是您的背包？"

"两个都找，我的老天哪！"我说的声音比我预想的要大。

"您在对我大喊大叫吗？"那位女士问。

说话这工夫，我的三个外孙已经聚集在我的身后。在他们面前，我得尽可能保持冷静和礼貌。

"不，当然不是，"我说，"是这样的，我把背包落在了过山车上，眼看过山车马上就要到达终点了，所以呢，我想尽快赶到那里，我的外孙已经先行跑过去了。"

"您竟然允许一个小男孩独自跑在前面，跑去过山车那里？"那位女士问，"再说了，还在一个明令禁止的地方？"

她先指了指头顶上方的标识，然后把手插到制服外套的口袋里。

"外公没准许他做任何事。"莎拉说。

"这番闹腾完全是丹尼他自己的主意。"威廉补充说明了姐姐的话。

"就和之前的小红帽事件一样，您也看到了。"维尔玛也开口了。

我前面的这位女士是那种可以让人轻易读出她心思的人，虽然不会一字不差，但她此刻应该是这样想的：让我瞧瞧，好家伙，这下一举两得了！不，是一举三得！我马上就能抓到独闯过山车的小家伙，也就是小红帽陈列柜里的小鬼头，然后还可以揪住管教无方的外公教训一番。

当那位女士让我在原地等着，并打包票说她可以负责找回丹尼还有我的背包时，我看到草帽下的脸庞上露出一丝微笑。

"他戴着一顶红色的帽子，对吧？"她问道。这听起来可能有些夸张，但恰好就在那一瞬间，戴着红色鸭舌帽的捣蛋鬼突然从她身后冒了出来，然后像一道闪电一样从她身边跑开了（当然也从我和他哥哥姐姐的身边）。

丹尼一定是从后面认出了这个女人，而且立刻明白最好不与她打照面。还没等她开口说出"停！"或者"别动！"，他已经消失在上演小红帽事件的小树林里。然后，明眼人都可以看出这位女士在想什么。她很可能在想，她人还在过山车这里，那么陈列柜那边不就没人看管嘛。

"等一等，小朋友！"她重复了一遍之前曾经说过的警告，然后飞快地跑开了，速度比我们想象的都要快。

"她永远抓不到丹尼。"莎拉冷静地预测。

"确实不可能。"威廉同意她的观点。

"那现在你的背包怎么办？"维尔玛问。

天啊！我转过身去，看到过山车已经再次启动。

但是，我居然看到，我那个破旧背包就挂在那位有文身的年轻女士的手上。她拿着包，露出狡黠的笑容，正朝我走来。

"在这儿呢！"她说，"您那个身手敏捷的小外孙把包从过山车里拿了出来。"然后她压低了声音继续说，"他让我转告您，他在卫生间那里等您。"

直到这会儿，那位手臂上有文身的爸爸由儿子扶着，走了过来。他的脸色看起来还很苍白。我问他是否感觉好些了，他点了点头。

"我们先去吃个汉堡，然后就好了。亲爱的，对吗？"年轻的女士一边说，一边挽起了丈夫的胳膊。

他苦涩地笑了笑作为回应，我非常能理解他。如果是我，我也更想来一块烤面包干。

当然，孩子们都很喜欢去吃汉堡这个提议。他的小儿子，连同我的外孙们也跟着一起欢呼。至少当时在我身边的三个外孙是这样的。"激流勇进"和"鬼屋小火车"显然可以往后放一放。

"但我们得先去找到丹尼，对吧？"我问道。

"当然，"维尔玛说，"而且丹尼也喜欢吃汉堡。"

"而且你也不用给妈妈打电话。"莎拉说。

"在游乐园吃汉堡和喝可乐是一样的规矩。"威廉向我解释道。

说实话，我绝对不喜欢汉堡，但是在进行下一个大型游乐项目之前，我很乐意能够稍作休息。

为了避免再次遇到那个头戴草帽的女人，在去卫生间的路上，我们谨慎地绕开了小树林，没有从里面穿行。所幸我们没有见到她。

第十一篇

噢，又是他们！

　　如果要问我在路上有没有想过，我们在卫生间那里会不会找不到丹尼？——那是当然。我们足足花了五分钟才绕过小树林，而我那个小外孙的新奇点子是以秒计的速度往外涌。

　　直到我看见他从洗手间进出口的一扇门里小心翼翼地探出脑袋，我才松了一口气。我甚至一开始都没有注意到，那扇门竟然是女士洗手间的。当我看到一位头发花白的女士出现在他身后，并且好心地把他往边上推了推，最后还把他歪了的帽子扶正时，我才意识到一丝异样。

"那就让我们祝愿你的妈妈尽快康复吧。"我听到她说。

丹尼什么也没说，只是又把帽子拉到一侧。直等到那位女士走远了，他才走了出来。

"你在搞什么鬼，为什么要去女厕所？"莎拉问。

"我根本就没去！"丹尼为自己辩解。

"而且妈妈根本不在里面，"维尔玛指责道，"你骗了那个老奶奶。"

"我没有！"丹尼反驳道，"她只是问我，是否总去女卫生间，我说没有，除非我妈妈不舒服，让我等她的时候。"

原则上，我觉得应该让孩子们自己解决他们之间的分歧，但现在涉及事情真相，我试图帮丹尼捋（lǚ）顺一下思路。

"所以莎拉和维尔玛说得没错，你确实很可能撒谎了。"我说。

"才没有呢，"丹尼抗议道，"我刚才说的关于妈妈的情况，真的发生过。"

"就在去年我们去度假的时候，在一个高速公路服务区里，"威廉向我解释，"那会儿不知怎么回事，妈妈的肚子'咕咕噜噜'地响，丹尼刚好也要上厕所。他先上完了，然后他就朝女厕所喊了一声'我先回车上去了'，但妈妈让他站在女厕所里她的隔间前等着，这样她就能看到他的脚了。因为我们其他人都不在。"

"我们当时都没去厕所。"莎拉说，她似乎担心这个事或者威廉的讲述方式对我来说太复杂了。

"没错，虽然度假时我们是在一起的。"威廉补充道。

"你知道妈妈怎么了吗？"维尔玛问。

"不想知道！"我连忙说，但很可惜，还是回答得不够快。

孩子们的反应比我更快，我只能暗暗庆幸，关于妈妈在高速公路的服务区患了什么病，他们的答案没能达成一致。他们喊出的都是两个字、两个字的，有 L 开头的，也有 F 开头的，除了我和他们，旁边的人都不知所云。尽管这样，还是有人诧异地回头看着我们。一位女士牵着一个小女孩，看了我们一眼，似乎在说："噢，又是他们！"

这位女士与小女孩穿着很相似的碎花连衣裙，她们让我感觉十分眼熟。但是直到我们坐在汉堡快餐店的食物前，我才想起来在哪里见过她们——在冰激凌车前的队列里。

我自己只点了一份薯条。我不喜欢吃汉堡包，而孩子们爱不释手。但是就连他们（至少是丹尼）也注意到了那位女士的眼神。

"外公，刚才那个眼神奇怪的阿姨，就是在冰激凌车前不让我挤上去挑的那个，对吗？"在大快朵颐的间隙，丹尼问道。他的小手只是勉强可以握住那个巨大的双层汉堡包。

"是啊，为什么这么问？"我反问他。

"不为什么。"丹尼说完，再次张嘴大口咬下滴着酱汁的肉饼。其实他在吃完第一口时，就拍着胸脯对我说，这是世界上最好吃的汉堡包。

我现在讲述这些事时，已经离那一天有一段时间了，事后我时常在想，我当时是否能阻拦那个星期天在游乐园里后续发生的一些事呢。此刻讲到这里，我知道了，没错，就是丹尼的这句"不为什么"。我当时就该意识到，丹尼的这个回答意味着什么。而且，他的哥哥姐姐也曾经给我解释过的。

但这次他们没有提醒我，可能因为他们和丹尼一样，正忙着吃滴着酱汁的大肉饼。在吃饭口味上，他们四个出奇的一致：巨无霸双层汉堡，外加一份薯条、双份番茄酱、一份蛋黄酱。他们也乐得再来四杯可乐，但是谨慎的外公这次只允许他们喝苏打水。

"苏打水会让丹尼的肚子'咕噜'作响。"为了让我改变主意，莎拉想出了一个不那么笨拙的理由。

"确实，就像可乐一样，"我回答，"还好你及时提醒了我。"

然后我点了普通的矿泉水，假装没有看到他们在一旁的表情。不过在吃饭时，他们的不满很快就平息了。其间，他们分别且反复地邀请，要我咬一口他们的大汉堡，或者让我至少拿薯条蘸一下他们的酱。他们不明白为什么我都拒绝了。尤其是维尔玛，直到最后她手里只剩下一个四分之一肉丸子大小、被捏扁了的小汉堡团时，她还在坚持邀请我品尝。

"就一口，外公！"她一边央求我，一边把那个小团子从桌子的另一端递了过来，"只吃干巴巴的薯条哪里吃得饱呀。"

"我也不指望只靠薯条填饱肚子呀，乖。"我回道，"首先呢，我早饭吃得很多，再说，我的背包里还有一些吃的。"

"我们也有。"维尔玛并没有收回她的手。

"妈妈给的。"莎拉已经把手指都舔干净了。

"有很多。"威廉在用湿巾擦手。

"胡萝卜和黄瓜什么的。"丹尼似乎还在考虑，该拿油乎乎的手怎么办。

我吃薯条时使用了附赠的小木叉，所以手指很干净。当孩子们告诉我，他们背包里装了食物的时候，我非常吃惊地愣在那儿，以至于我眼睁睁地看着维尔玛手上的一滴黏糊糊的粉色酱汁滴在了我的裤子上。

"你们带了吃的？"我不敢相信。

"当然。"莎拉说。

"你不也带了嘛。"威廉说。

"哼，那就别吃我的小肉丸子了！"维尔玛说完，把还在滴汁的小肉团塞进了自己的嘴巴里。

只有丹尼沉默着。看样子他已经想好了，只见他直接把手往裤子上蹭了蹭。然后我看到他高兴地冲我身后挥手。我转过身，看到他在和那个有文身的爸爸打招呼。他看起来已经没事了，一边摇动一只手作为回应，一边用另一只手把一个巨无霸双层汉堡送进嘴里。那位友善的年轻女士和她的儿子面前也放着汉堡包。我一度想到，作为营养师，我女儿的工作大概并不轻松。当然，我自己也当了近四十年的数学老师和物理老师，但是，至少我还可以用打分数来激励学生，而营养师面对这般情景该如何是好呢？

"外公，你还喝吗？"维尔玛把我从沉思中拉了出来。

确实，只有我的杯子里还剩下一点儿矿泉水。我不打算喝了，准备用它打湿我那张还没用过的餐巾纸，然后去擦拭牛仔裤上的粉色污渍。

"妈妈说过，这样只会越擦越脏。"丹尼说。不幸的是，他说得没错。

第十二篇

外公，小心！

在我们走出汉堡店的时候，我的手机响了。我把它从背包里翻出来，看到了意料之中的短信——我女儿发来的。

"你没忘记中途让孩子们吃点儿东西吧？"

"呃……"我在回复时，四个孩子不耐烦地踱来踱去。

看到我把手机重新放回背包里，莎拉说："'激流勇进'在那边。"

"你们是怎么知道的？"我问。

"从这里，"威廉说着从裤子后面的口袋里掏出一本带地图的小册子，"这些可以在入口处拿到。"

"但是，他是在你去取餐的时候从隔壁桌拿的。"维尔玛告诉我。

"坐在那里的那个人去买第二杯咖啡了，所以完全不知情。"丹尼补充说。

虽然我发现很多游客手里都拿有这样一本小册子，但我还是四下张望，生怕那个人就在我们身后。

"别担心，那个人已经走了。"莎拉安慰我说。

"而且，这东西入口处多着呢。"威廉说着又把小册子塞回他的裤子口袋里。

我决定把这件事先放一放，等遇到合适的时机再拿出来讨论。例如，维尔玛又一次没征得莎拉的同意，就把她的毛绒玩具拿回自己的房间，或者丹尼不仅借走了威廉的足球，而且事后还声称他不知道为什么找不到了。这些都是合适的时机，小册子这件事正是一个典型的例子——其实，不把"你的"和"我的"这种问题当回事的，并非只限于维尔玛和丹尼这样的小孩。

"你在想什么，外公？"维尔玛问。

"他一定在考虑是否应该穿上他的雨衣。"莎拉抢在我之前回答道。

"你怎么知道我还带了雨衣？"我惊讶地问。

"因为你总是带着呀。"莎拉说。

"就像外婆一样。"威廉笑着说。

"不管天气预报说天气有多好。"莎拉也笑了起来。

"你真的要穿雨衣去玩'激流勇进'吗？"丹尼难以置信地问。

"那你干脆就别去玩！"维尔玛叫道。她似乎转眼间就把刚才不愿意被水打湿的想法抛到了脑后。

坦白说，我真的想过要穿上雨衣。孩子们说得没错，雨衣就在我的背包里。不过，正如在登上一艘"激流勇进"的小船时我所观察到的那样，我将是全场唯一一个身穿防水装备的人。我自己倒无所谓，但我的外孙们在出发时就偷偷地盯着我的背包。这目光让我知道，有一个穿着雨衣的外公会让他们多么尴尬。

我们五个坐了一艘船。很长一段时间里，除了几次不痛不痒的雨滴滴落之外，什么也没发生。显然，轨道设计师已经精心设计好了，尽管会有大量的水涌到船周围，但并不会溅到乘客身上。

尽管如此，每当我们的船在浪尖上航行时，孩子们都会激动地欢呼。要是遇上漩涡把我们拽到水流深处，接着强大的推力又把船释放出来时，孩子们就会更加兴奋异常。

我在心里默默地赞赏轨道设计者的巧思。他们巧妙地把船只运行的轨道隐藏了起来，不让乘客发现。即使在一个比较平缓的地方，我从船头探出身去，也还是看不到任何类似轨道的东西。

"外公，你在找东西吗？"透过"哗哗"的流水声和四面八方的叫喊声，我听到其中一个外孙在跟我说话。

我感觉是维尔玛在问我，但我不确定。虽然没有什么紧要的事，我还是回头看了看。

紧接着我便听到"外公，小心！"的叫喊声，这次肯定是维尔玛喊的。我看到其他三兄妹在向我们后面船上的人挥手。我看不出是谁，因为前一秒我们还在平静的水域里滑行，下一秒一朵浪花就猛地朝我打了过来。

正如我事后了解到的那样，这是整条水道中最大的浪，原本这股浪只是冲击船头，并制造出一朵像样的浪花。当我们到达终点时，一位身穿蓝色制服外套的年轻人指着一摞洁白的毛巾，告诉我可以使用，我从头发到腰带全湿透了，自然感激地接受了这个建议。然后他向我解释，他们完全没有预料到有人会在此刻从船头探出身去，之前也从未发生过。唯一让我困惑的是，他们竟然为偶发事件准备了这么一大摞毛巾。

"我还喊了'小心'呢！"维尔玛怪罪道。

"没错，我们也听到了。"莎拉也能作证。

"我也听到了。"我一边说,一边把用过的毛巾扔进一个筐子里,而里面已经有很多条了。

"那你为什么还要把头伸进水里?"威廉问。

"你很热吗?"丹尼问。

"有一点儿。"我开了个玩笑,以便不用在孩子面前提到水下轨道的秘密。

"好吧,幸好海浪把你向后拍回了船里。"维尔玛安慰我。

"否则你还得一直牢牢抓着船头,说不定船还会翻掉。"丹尼说。看来他不仅总冒出天马行空的主意,还拥有天马行空的想象力。

"胡扯!"威廉的脑子很清楚,"这种船根本不会翻,它们是在轨道上行驶的。"

"接下来是'鬼屋小火车',耶!"维尔玛一边喊,一边拉着我一起向前走。

"耶!"其他三个外孙跟在我们身后,同样欢呼雀跃。

事后想来,我应该问一下我们身后的是哪艘船,或者不如说，该问问莎拉、威廉和丹尼，他们当时在和谁挥手。当然，那时的我也不知道，这事还没完。

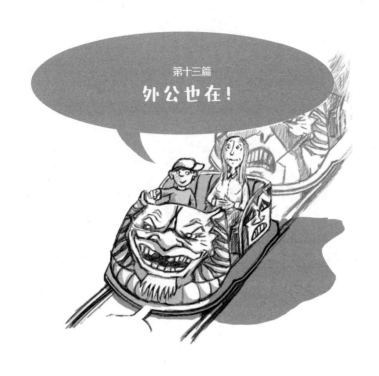

第十三篇

外公也在！

　　"鬼屋小火车"与我之前坐过的都不一样。这里的，并不是那种从头到尾坐着小火车穿行在各个惊悚鬼怪之间的。当然也有这个环节，但只持续一段时间，然后我们就必须下车步行到另外一个站台，在那里会有一列回程的小火车。这些是一位友好的绅士告诉我们的。他同样穿着蓝色制服外套，还戴着一顶高高的列车员帽子，与"鬼屋小火车"显得格格不入。说完，他就把我们分配到了小火车的各节车厢里。

就像坐过山车一样，丹尼坐在我旁边，因为按照规定，学龄前的儿童必须由成人陪同。女孩们坐在我们前面的车厢里，威廉坐在我们后面的那一节，他的旁边是一位年长的、脸色有些苍白的女士。令人吃惊的是，她一头银灰色的头发垂在雪白的衬衫上。如此雅致的打扮让我感觉我们这会儿是在咖啡厅里喝咖啡、吃蛋糕，而不是坐在一辆"鬼屋小火车"上——这话听起来可能有些太老派，但是在即将开车之前，我听到她和威廉的攀谈，更加深了我的这个印象。

"告诉我，我的孩子，你对这趟旅程没有一丝恐惧吗？"她用一种老式的、很礼貌语气问道，听起来像是一位我去世多年的姑姑可能会用的语气。

"胡扯，我为什么要这样？"威廉用我们当下略显粗鲁的语气反问道。

"这会儿，你独自一人。"那位女士依旧十分礼貌地回答。

"不是啊，"威廉在火车启动时告诉她，"外公也在！"

我猜他还指了指我，紧接着我听到那位女士说："那确实是好！那么这趟旅程没有什么需要恐惧的了。"

我感觉我还听到了轻轻的笑声，但那也许是幽灵的声音，因为这会儿我们的旅程开始了。

起初，我们的火车行驶得很缓慢，然后越来越快地驶向一条黑暗的隧道。这时，我看到莎拉和维尔玛靠得更紧了。刚进入隧道，我注意到在我的斜前方有两只惨白的小手抓住了车厢的侧边。虽然一瞬间我什么都看不到，但我知道那是丹尼的手。他一定是钻到了车厢前部放脚的地方，他要是坐在座位上根本够不到车厢的侧边，因为就连我也只能勉强够得到而已。果然，我在黑暗中向旁边摸去，发现那里只剩下一个空荡荡的座位。

"丹尼！"我小声喊。

无人回应。就在这时，一道亮光闪过，随即我看到了一只巨大的毛蜘蛛吊在隧道天花板上，晃来晃去。紧接着，我听到一阵低沉的笑声，仿佛是幽灵看到了我被吓得几乎要躲到丹尼身后的模样。

就在我刚要直起身的时候，幽灵又潜伏到了下一个弯道的后面。血红的眼睛从它的白色袍子里透出来，它的笑声和先前萦绕耳边的一样低沉。

不过，我并没有像看到那只蜘蛛时那么害怕。借助幽灵出现时的昏暗灯光，我瞥了一眼丹尼：他低着头，贴着车厢前壁，蹲在地上，一动不动。他保持这个姿势不动，直到我犯了一个错误——在光线又暗下来的时候，我关切地将手放在了他的肩膀上。

旅程一开始，小火车上的尖叫声就此起彼伏，仿佛不仅是幽灵要吓唬乘客，而是乘客们也想吓唬吓唬幽灵。虽然我很快就把手拿开了，但丹尼的尖叫声绝对称得上是最长、最响亮的。当他慢慢平静下来之后，除了"哐当哐当"的火车声，周围再次死一般的寂静。当然，时间并不长，因为怪异的恶趣味还没有结束。

没过多久，密密麻麻的翼龙朝我们扑面而来。它们咧着大嘴，发出可怕的嘶叫声，盘旋在我们的头顶上方。我们正在穿越原始森林，借着昏暗的灯光，我看到丹尼蹲得更低了，而他的姐姐们尖叫着，紧紧地抱在了一起。

丹尼再也没有发出任何声响，甚至当昏暗的灯光熄灭、翼龙停止嘶鸣时也没有，一时间又只剩下火车行驶的声音。

"丹尼？"我压低声音喊道，同时小心翼翼地避免再碰到他。我只感觉到他好像在动。随后我们驶入微红的昏暗光线中，我看到他的头朝车的侧边微微抬了一下。

"来吧，丹尼，你是个男子汉了！"我低声对他说。

然而，我刚才的努力白费了——这时小提琴的乐声突然响起，他又闪电般地蹲了回去。他错过了两个随着小提琴声跳探戈的骷髅。他的哥哥姐姐显然一点儿都不害怕。莎拉和维尔玛一起"咯咯"地笑，当我回头看向威廉时，他正在打哈欠。我似乎在他邻座的脸上看到了若有所思的微笑，我友好地向她点了点头，这时我们又"哐当哐当"地回到了黑暗之中。

在到达这趟旅程的目的地之前，我们还看到了一个绿色皮肤的秃头肌肉男，他的身形和那个有文身的年轻爸爸惊人的相似。另外还有一个女巫拿着一把女巫扫帚，鼻子上长着一个大疣子，早在我的童年记忆中，还很简陋的"鬼屋火车"就有这个了。

那时也许不会有绿色皮肤的秃头肌肉男，如果有的话，他也一定不会被困在一个粉色的起泡胶陷阱里，因为在那时候，现在这种众所周知的起泡胶还没有发明出来呢。好在这个绿色巨人自个没办法从陷阱里挣脱出来。可是，他的手上沾满了起泡胶，而且离我们非常近。我只好躲到车厢里最远的角落，这样就不会有东西滴在我的衬衫上了。我可不想再要一件粉色衬衣，来搭配我已经染上粉色酱汁的裤子。

丹尼依旧待在原地，我不再试图把他从车厢前部放脚的地方叫出来。他可能没有注意到绝望又无声的绿巨人，但绝对注意到了女巫。当女巫用可怕的声音威胁说，她很快就会来抓我们的时候，他立马缩成更小的一团。我也只能强忍着，不要去抚摸他的背来安慰他。

当女巫狞笑着和我们告别时，我迫切地希望我们能尽快抵达那个换乘的站台，好让这个可怜的孩子缓一缓。也许那里还会设有一个紧急出口，以便像他这样吓得够呛的人使用。这样一来，我也可以防止他再受到任何的惊吓。

这时我们又陷入一片黑暗中，女巫的"咯咯"笑声逐渐在我们身后消失。一个正常的人类声音通过前面的扩音器宣布，我们的火车即将到达 $9\frac{1}{2}$ 站台，通往 $10\frac{1}{2}$ 站台的沿路都设有路标，火车将从那里返回。

"$9\frac{1}{2}$ 站台有点儿像《哈利·波特》里的！"我听到莎拉在一片寂静中低语。

然后，我感觉丹尼动了动。几秒钟后，当我们从黑暗驶入光明时，他端正地坐回了我的旁边，好像什么事都没发生过一样。

第十四篇
吹牛！

　　这个站台比真正的火车站台小，其他的设施看起来没有差别。我们下车时，甚至有一位列车员站在那里吹哨子，直到所有乘客都看向她，她才用力地指了指相反的方向。我们环顾四周，这才看到第二条隧道，就在我们来时的火车隧道旁边。那里有一个向下的楼梯。楼梯通道上方写着"通往 $10\frac{1}{2}$ 站台"。

"你们看到列车员身后的那堵砖墙了吗？"莎拉问，"这也和《哈利·波特》里的很像。"

我没有读过《哈利·波特》，但如果莎拉都这么说，那一定是真的。她和威廉是公认的《哈利·波特》专家。虽然丹尼太小，还没有读过这套书，但他一定从哥哥姐姐那里耳濡目染，知道这堵墙是怎么回事。就连我也能从餐桌上的闲聊中略知一二。在书里，哈利·波特需要在一个奇特的站台上穿过一堵砖头墙。这时丹尼踮起脚尖并握紧了拳头，我连忙不露声色地把手放在他的背包上，以便在必要时按住他。还好，这时列车员朝边上挪了一步，丹尼才没有得逞。我们早已看见在她上方的砖墙上写着"9½站台"。可是直到现在，我们才看到她身后的墙上还挂着一块牌子。牌子上的字表明，我们并不是第一个在"鬼屋小火车"的站台上想到《哈利·波特》的人。

"此墙无法穿越！如孩子受伤，父母担责。"莎拉读了出来。

"我还以为真正刺激的要来了呢。"威廉叹了口气。

我确实看到他对着跳舞的骷髅打哈欠，但他的话还是让我很吃惊。

"到目前为止，还不够刺激吗？"我问他。

"还行吧，"他说，"但是没有一个幽灵鬼怪是真的啊。"

"这倒没错，"我承认说，"但人们还是会感到害怕。比如，那只蜘蛛让我感到毛骨悚然。"

"我们也是。"女孩们一边说，一边打着哆嗦。

"我一点儿也不怕。"威廉说。

"我也是，"丹尼说，"我自始至终一点儿都不害怕。"

老实说，有那么一瞬间，我很想去反驳这个吹牛皮的小家伙，不过我当然忍住了。我们不会去揭穿小朋友，尤其作为外公更不会这样做。可是，像威廉这样的哥哥就不会手下留情了。

"吹牛！"他说，"我都看见了，你全程都躲起来了！"

我早就把手从丹尼的背包上拿开了，现在我又悄悄地把手放了回去。我预感这个被揭穿的吹牛大王可能会恼羞成怒，因为他很可能不知道该怎么为自己辩解。但是，我错了，丹尼只是漫不经心地把两只手插进裤兜里。

"躲起来？真是胡说八道！我不过是提前隐蔽起来，以防幽灵过来抓外公。外公不只害怕蜘蛛，他其实一直都很害怕，而幽灵就喜欢抓这种人。爸爸曾经给我们读过的《幽灵猎人》里就是这么说的。"

"没错，"威廉附和道，"如果有人感到害怕，幽灵在千里之外就能闻到，然后他们就会去找这个胆小鬼。"

我得承认，我不知道《幽灵猎人》的故事。尽管如此，我还是想到了在勇敢外孙和胆小外公这个故事里有几处说不通的地方。我打算提出来，不过我在考虑，怎么能在不揭穿外孙（也就是丹尼）的情况下，为外公（也就是我）做一番辩护。我敢肯定我一定能想到一个两全其美的办法——要是我没在思考中突然被吓到，转身时还差点儿把可怜的丹尼拽倒在地的话。

"对不起！"列车员说，她突然从后面把手搭在了我的肩膀上，"站台上只剩下您和小家伙两个人了，而下一趟火车马上就要到了。"

确实，与我们一起到达的最后一批乘客已经消失在楼梯通道里。

第十五篇

可是……

在下楼梯时，我决定把有关我害怕幽灵的话题暂且放一边。如果我的判断没错，目前的首要问题是我们还会再受到几次惊吓。我很担心，如果没有车厢可以躲藏，丹尼会怎么样。也许《幽灵猎人》这本书里会有这方面的内容，但如果没有呢？

就在这时，我们快走到楼梯的尽头了，当然也看到了楼梯下面等待我们的是什么。一开始，我们只看到雾气弥漫，但定睛细看时，一片荒野沼泽逐渐显露了出来。树木和灌木生长在灰色的泥沼中，中间的黑池子"咕嘟咕嘟"地冒着泡。这是一片阴森恐怖的沼泽地，任何词语都不足以形容。更可怕的是，不知道从哪里传来了低沉的哀号声和呜咽声。然而最可怕的是，你必须从一座由木板做成的弯弯曲曲的桥上穿过迷雾，走过冒泡的沼泽地。那里虽然有栏杆，但看起来并不怎么可靠。

只有少数几个勇敢的人已经踏上了木桥，大部分人都在楼梯下面望而却步，甚至还出现了小小的拥堵。如果真有人说话，那也只是窃窃细语。

我小声提醒四个外孙要一直跟紧我。

"当然了，外公。"女孩们低声回答。

"你可以相信我们。"威廉同样低语道。

丹尼一直没有回应，我决定拉着他的手。但他抢先一步，扯了扯我的袖子。

"怎么了，丹尼？"我小声问。

我们离楼梯尽头和低声细语的拥堵人群只剩几

个台阶的距离了，这时丹尼用他银铃般的嗓音回答：
"外公，如果你又害怕了，就把手给我！"

你不会知道，当你给精神紧绷的人一个可以释放紧张感的理由时，他们会多么感激。笑声回荡在耳边，音量远远超过了荒野沼泽上持续不断的哀号声和呜咽声。直到一阵风吹进雾里，狼嚎声响起，笑声才渐渐收住，但是绝大多数人还是以相对轻松的心情，走过了那个原来还让他们感到紧张的木桥。我们几个是最后踏上木桥的，首先是威廉和女孩们，然后是手拉着手的丹尼和我。

实事求是地说，穿过沼泽本身没有我想象中那么可怕。最诡异的其实是那些树，更准确地说是那些柳树。那些树盘根错节，一根根细长的柳条从树干上伸展出来，伸入迷雾中。如果你更仔细地观察这些树干，就会看到一张张瞪着眼睛、张着大嘴的面孔，低沉的哀号声和呜咽声也是从那里发出来的。这些树的枝条就像章鱼的细腕足一样，弯弯曲曲地伸向木桥，这般情景很容易让人感到反胃。当然，只要你能一直保持在桥的中间，你就是安全的。

我们也尽可能地走在桥中间，直到荒原沼泽的尽头出现在眼前，那里出现了另外一个向上的楼梯通道。通道入口上方依然写着"通往 $10\frac{1}{2}$ 站台"。丹尼大部分时候都和我一起并肩走。只有一次，当狼群再次嚎叫的时候，他躲在了我的身后。幸好我们一直看不见狼群，越靠近楼梯，我的内心就越轻松。

威廉和女孩们就在我的前面，丹尼早已再次走在我的身边。如果不是我突然发现与威廉一起乘坐小火车的那位精致女士，我想一切都会很顺利。她飘逸的银灰色长发和她那件在昏暗的光线下依旧雪白的衬衫，使她很容易被认出来。她站在木桥尽头的左侧，似乎很享受柳树的"章鱼腕足"蜿蜒在自己的身边。总之，她就站在原地，一动不动。就在这时，我做了一个愚蠢的决定，我打算向外孙们证明点儿什么。

"莎拉、维尔玛、威廉，你们在这里等一下！"我说，"丹尼，你能不能拉着威廉的手？"

"可是……"

威廉正准备问个清楚，然后他看到我转过身朝那位女士走去，就把话又咽了回去。

我当然不想打扰那位女士，更不想吓到她，所以我在离她两三步远的地方停了下来。直到柳树的"章鱼腕足"完全不再朝我这个方向蠕动，我才走近了一步。如果你在靠近一个人时，一定会注视着他/她。这是一种礼貌，至少按照我的家庭教育来说是这样的。

起初，我只看到她的鼻尖从银灰色的头发中露了出来。她的鼻尖看起来很奇怪，颜色有点儿发红，几乎可以说是红色的。然后这位女士转过脸来，就像恐怖电影里的那样，我像一根石柱一样僵住了。我看到了一张小丑的脸。

我现在从一位写过游乐场发展史的前同事那里得知，我上了鬼怪和幽灵行业中最古老的一个当。他们会把一个看起来特别无害的人安排在观众当中，让他们在适当的时候变身。对于像我这样的人来说，看到一个在鼻子上涂一点儿口红的人就已经够受惊吓的了。

　　我现在当然知道了这些幕后小把戏。但设想在穿越荒野沼泽木桥时，我就对这些小把戏了然于心，在当时会对我有所帮助吗？很有可能我还是会被吓得半死。当然，我尽量在心跳加速的情况下努力保持镇静，以免我的样子再吓到孩子们。这位女士立刻又转过身去，我敢肯定，除我之外没有人注意到她的转变。

　　我又等了一会儿，才重新平静下来，然后我挤出一丝微笑，回头转向孩子们。可是，眼前的景象足以让我的血压再次飙升：在桥中央只剩下三个外孙了。

第十六篇
爸爸，那是个妖怪吗？

"丹尼从我身边溜走了。"威廉说。

随即我也马上看到了他——就在楼梯的半中间。那里还站着两个人，她们的姿态和那个可怕的女士一模一样，丹尼正蹑手蹑脚地朝她们走去。这两个人正是穿碎花裙子的母女二人，她们似乎对眼前冒着泡的黑色池塘饶有兴趣。女孩指了指池子，妈妈摇了摇头。也许女孩想弄清楚这些泡泡是否是水中幽灵搞的鬼，我无法听清她们在说什么，我只看到了母女二人在交谈。这时我看见丹尼与她们只差寸步，紧接着他停顿了一下，我这才猜到了他的想法：他想吓唬她们。

"丹尼，不要啊！"我连忙喊道。

为时已晚。他已经向受害者伸出了手。说时迟那时快，还没等丹尼碰到受害者，女孩就突然转身冲他做了个鬼脸，吓得他一个踉跄跳到了木桥的另一边。他没有从栏杆上摔下去已经是万幸。这个小女孩一定对踮着脚尖靠近的小男孩有一种第六感。还有更倒霉的，在丹尼倚靠着的栏杆附近，有一棵枝条特别长的柳树正在等待它粗心的访客。就在这时，一根细长的"章鱼腕足"轻轻拂过丹尼的后颈，只见他像箭一般冲了出去，拔腿就朝台阶上跑去，仿佛全世界所有的沼泽幽灵都在同时追赶着他。当我匆匆从母女二人身边经过去追赶丹尼时，我对那位妈妈的眼神颇为熟悉。而这回，女孩的笑容更添了几分得意。你甚至不能责怪这个小家伙。毕竟，她只是自卫。恰恰相反，等我追上丹尼并且顺利离开这可恶的"鬼屋小火车"之后，我打算向她和她的妈妈道歉。

我先回头看了眼威廉和女孩们，当我看到他们一路跟着我时，我便一次跨越两个台阶地向楼梯上跑去。我之前提过，我经常定期慢跑。尽管如此，在到达楼顶时，有一瞬间我还是眼前一黑。我慢跑的路线一直都是相对平缓的，而这次的和以前的着实不同。

等孩子们追上来时，我已经弄明白了。不出所料，我们来到了一个与之前的站台看起来非常相似的站台上。这里也有一个列车员，丹尼就站在她的跟前，她先是指了指我，然后指了指等候的火车，显然大部分乘客已经上了车。

幸好这次也是有惊无险，列车员拉着丹尼的手走了过来。这一瞬间我如释重负，眼泪夺眶而出。我连忙把小家伙搂进怀里，只喃喃说了一句："谢谢您！"

"您别着急！"列车员说，"小家伙已经告诉我了，您的肚子不舒服。请您赶快上车，我这就给出放行信号。另外，洗手间在出了门的右手边。"

说完她指了指火车，然后把哨子放进了嘴里，没有时间留给我解释。毕竟，即使肚子不疼，我也想尽快结束回程。

不知怎么回事，这次只留给我和外孙们两节空车厢。在紧随其后的第三节车厢里，穿碎花裙子的母女二人刚刚落座，我、威廉还有丹尼就一起登上了她们前面的那节车厢，这样我的四只"小羊"要么在我旁边，要么在我前面。

在列车员吹响哨子时，我看了看丹尼，这是我们在月台上重逢后，我第一次仔细看他。他就坐在我的旁边，但他的样子骗不了我——肚子疼的不是我，而是他。我猜是害怕的缘故，虽然他肯定不会承认。不久，我们便驶入黑暗的隧道中，我只能看到他用双手按住自己的肚子。

一段时间里，昏暗的隧道就足以营造恐怖氛围，让人类感知恐惧并不需要太多。虽然还没有发生任何恐怖的事情，单单想到它有可能会发生，就足以让人起一身鸡皮疙瘩。

进入隧道后，除了火车哐当作响，周围一片异样的寂静。这时，在男孩们和我所在的车厢里出现了一阵短暂的骚动。我错误地将其归因于我坐在两人的旁边而不是坐在他们的中间。

"住手，丹尼！"威廉喊道。

"我什么都没做！"丹尼回答。

"别动我的帽子！"威廉继续喊道。

"你别动我的帽子！"丹尼并不示弱。

之后，诡异的寂静再次笼罩列车。与大多数乘客一样，我还以为就这么一直持续下去，直到旅程结束。

但是，寂静很快被打破了。突然，一个好似滚滚雷电的声音响彻了整个隧道，又一次让我想起卢旺达山地大猩猩。黑暗中，这声音回响在岩壁间，听起来似乎很具有威慑力。等响声消失之后，又是一阵沉默，直到一个细小的声音问道：

"爸爸，刚刚那是妖怪吗？"

"没有什么妖怪。"对方回答道，但可以从他的声音中听出一丝的怀疑。

几秒钟后，当我们"哐当哐当"地驶出隧道并进入空旷的地方时，光线一下子变得特别明亮，我们不得不闭上眼睛。当我再次睁开眼时，我看到丹尼已经爬出了车厢，向右跑去，正如第二个站台上的列车员所指的路线那样。

"他戴的是我的帽子。"威廉很纳闷。

"你也戴着他的呢。"我说。

说完我站了起来，然后看到我们后面车厢的女孩莞尔一笑。

第十七篇

我们也有可能！

我们下个星期天还会来！

　　我觉得，在把丹尼和威廉的帽子悄悄互换之后，我们两家也算扯平了。尽管如此，我还是按原计划向母女二人道歉。

　　"我很抱歉，"等我们都下了车，我对她们说，"丹尼其实并没有什么恶意，他只是不断地冒出新奇点子。"

　　"咳！您可能不知道，我们对此一点儿也不陌生。"让人意外的是,这位妈妈特别善解人意。

"因为玛丽的缘故。"女孩说。

"她的双胞胎姐姐。"女孩的妈妈向我们解释。

"她今天生病了,但是上次她朝别人喷水,还对他们吐舌头。"女孩告诉我们。

"在玩'激流勇进'的时候。"妈妈补充道。

"和丹尼一样,"女孩继续说,"玛丽先是友好地挥了挥手,然后就开始朝别人喷水。在你被浪打湿的时候,丹尼也是这样做的。"

我只需朝威廉和女孩们看一眼,就知道这个小女孩不是凭空捏造。照这么说,我们还是没办法扯平。但这时这位妈妈突然哈哈大笑起来,紧接着她又向我道歉。

"抱歉啊,"她说,"但是您的'头部潜水'看起来实在是太滑稽了。您的衬衫真的已经干了吗?如果还没有,或许您应该去晒晒太阳。不然的话,您会着凉的。"

"谢谢!"我既谢谢她的体谅,也谢谢她的建议。实际上我确实打算照做。

但首先我们必须去卫生间接上丹尼。我们与母女二人像朋友一样道了别。等我们已经走出几米远时，那个小女孩又跑了过来。

"我叫苏菲，我们下个星期天还会来。"说完她就跑开了。

"我们也有可能！"维尔玛在她身后喊道。她马上转身向我解释："那时爸爸妈妈的病肯定已经好了。"而我什么都没有说。

没过多久，威廉远远地看到了一顶蓝帽子。

"我想丹尼已经回来了。"他说。这时我们刚好路过一个老式糖果摊，棉花糖和烤杏仁的香味扑鼻而来。这是一种我从小就无法拒绝的味道。

"你们知道我们接下来要干什么吗？"我问孩子们，"等丹尼回来，我们不吃冰激凌了，这次我们买棉花糖吃。然后，我们找一片草地坐下，边吃边休息。"

我以为他们会高兴地连连点头，然而他们只是沉默地摇了摇头。

"你们不想吃棉花糖吗？"我问。

"想吃。"莎拉回道。

"但是首先得把妈妈准备的蔬菜吃了。"威廉向我解释。

"否则她会生气的。"维尔玛又仔细地解释了一遍。

"好，那你们先吃……"没等我说完，这时丹尼已经走过来了。他当即大声宣布："刚刚也只是一个……"谢天谢地，具体是指一个什么，还好他没有说完整。

"好，那你们先吃妈妈准备的蔬菜，然后再吃棉花糖。"我继续把话说完。

"如果你想吃我的蔬菜，我也可以直接吃棉花糖。"丹尼向我提议。

"你真贴心，但是外婆也给我打包了一些东西。"我说。

"是什么？"莎拉问。

"我不知道，"我如实地回答，"可能是火腿或者奶酪三明治吧。"

　　结果，我的也是蔬菜，不知道是为了公平还是因为我女儿切得太多了。不管怎么样，孩子们依然自得其乐，之后再吃棉花糖，味道也会更好。

第十八篇
我敢以我的帽子打赌，
一定是他！

剩下的事很快就可以讲完。因为除了在离开游乐园时发生了一段小插曲，再也没有出现其他意外状况。

我们的野餐时间超级迅速完结，时间短到都没有把我的衬衣完全晒干，但此后至少感觉暖和舒适了一些。孩子们表现得非常棒。他们互相交换了蔬菜，因为女孩们不喜欢吃黄瓜，男孩们不喜欢吃芹菜。总之，最后蔬菜一点儿没剩，全都吃完了。

男孩们的帽子并没有换回来。丹尼不想换，因为他觉得哥哥的帽子更酷。作为让步，丹尼听从了威廉的建议，吃棉花糖时使用木签子，因为两根木签子可以当筷子来用。威廉长大后想当一名武士，丹尼也一样。但丹尼还是觉得使用筷子很蠢。他的这种想法又让女孩们觉得他很蠢。女孩们喜欢在我们家附近的日本餐馆吃东西，如果服务员向她们提供了刀叉而不是筷子，她们甚至会感觉被冒犯了。当然丹尼和女孩们并没有吵起来。丹尼声称，他比她们更擅长使用筷子，只不过每次他都太饿了。对此，女孩们也只是笑了笑。

意外情况发生了。丹尼远远地看到那个魁梧的检票员从入口处换到了出口处，然后他便问我，他能不能先走一步。当我问他为什么时，他解释说检票员现在是他的朋友，他想好好地和他告别。

"或许还有甘草糖的缘故？"我问。

"没错，这也是一个原因。"这应该是实话，说完他就跑开了。

我们都没有看到（也无法看到），那个戴草帽的小个子女人就站在检票员身后。直到丹尼离她很近、眼看伸手就可以抓到他时，她才露出头来。

"就是他！"我听见她惊呼。

"你确定？"丹尼的朋友问。

"非常确定。"那个女人回答。

"你不是说他戴了一顶红帽子吗？"

我已经加快了脚步，但是当我看到那个女人一脸不解地盯着蓝色帽子看时，我又放慢了脚步。

"怎么了，外公，我们不应该去帮帮丹尼吗？"威廉问。

"我们等等看！"我说，"或许他根本不需要帮助。"

"那现在呢？帽子究竟是不是红色的？"丹尼的朋友问。

"这顶帽子从来都不是红色的！"丹尼插话道。

"是的，是红色的。"女人说。

"不，从来都不是！"丹尼据理力争。

"她肯定在说，把小红帽的蛋糕塞进大灰狼嘴巴里的那个男孩戴着红色的帽子。"他的朋友用平静的声音解释道。

"我敢以我的帽子打赌，一定是他！"女人说完，还是放开了丹尼。

"戴上帽子看起来都一样。"丹尼的朋友说完，就把手伸进他那件很紧的外套口袋里。他拿出来一个黑色的袋子递给丹尼，里面装着四个甘草糖卷。丹尼慷慨地分给了他的哥哥和姐姐。我不必告诉他我不喜欢甘草，虽然这在我们家人人皆知。

"现在你可以走了！"检票员说着，把丹尼推入通往游乐园外的金属旋转门里。

我和其他三个外孙快步走向旋转门时，戴草帽的女人一直盯着威廉和他的帽子看了很久，然后又摇了摇头。

"这个太大了。"我听见她对她的同事说。我们礼貌地和她告别时，她点了点头。

我们还与仍在执勤的警察友好地道了别，尽管他还坚持不懈地提醒我，开车时禁止使用手机。我觉得他很讨人嫌，但也只能在心里想想，因为在孩子们面前还得有外公的样子。

当我开车转入家里的车库时，我的手机才再次"嗡嗡"作响。我看到我的女儿拿着手机站在门前。孩子们早已经在座位上睡得东倒西歪。单单从停车场里开出来就花了整整半个小时。

"一切还好吗？"我的女儿见面问的问题，和我后来在手机上看到的问题一模一样。

"一切都好。"我说。

我轻手轻脚地下了车，但还是把孩子们吵醒了。当他们从车里冲出来投入妈妈的怀抱时，我进了门。我只想赶快换件衬衫，然后洗个澡。

第十九篇
是我找回来的!

晚餐时，我就像回程时坐在车里的孩子们一样筋疲力尽。如果不是谈话很热烈，我可能已经睡着了。

不出所料，玩了一天后，孩子们都打开了话匣子，滔滔不绝。他们以不同的角色讲述了这一天的经历。令我意外的是，他们都一致认为今天玩得很开心，并且他们年迈的外公非常勇敢地坚持了下来。在此期间我没有发表任何评论，不仅仅因为我很疲惫，也因为我觉得孩子们应该拥有自己的话语权。

"他一直都很害怕。"莎拉说。

"从坐过山车的时候就开始了。"威廉回忆道。

"但是，最后又不害怕了。"恰恰是丹尼试图维护我的形象。

"可是，后来他又忘了拿他的背包。"维尔玛说漏了嘴。

"在坐过山车时。"莎拉解释说。

"是我找回来的！"丹尼骄傲地宣布。

"找回了那个遗落的背包。"威廉解释道。

故事是这样开始的，据说我在乘坐"激流勇进"时，把头浸在水里，试图给自己降降温。当然故事还没有结束。据孩子们说，我在"鬼屋小火车"上无比恐惧。当然也少不了我如何狡猾，但又徒劳地尝试以错误的顺序先吃棉花糖再吃蔬菜的故事。

"外公想先吃棉花糖，再吃蔬菜。"莎拉报告。

"但我们告诉他，这是不行的。"威廉解释道。

"其实他更愿意吃火腿或奶酪三明治。"维尔玛最终歪曲了这个故事中能被歪曲的一切。

而丹尼仅用一句话就将故事推向了高潮——"蔬菜对我'咕噜咕噜'直响的肚子友好得多。"

"好，"在安静下来的一瞬间，我女婿说话了，现在他的鼻音听着没有那么重了，"现在让我们听听外公怎么说。"

"我？"我说，"我没什么要说的。"

"真的没有吗？"我的女儿问道，她已经不再一边说话一边咳嗽了。

"没有。"我说，"首先我只是个外公，再者我的记忆力衰退，很多事我也忘得差不多了。"

"很好，"我的女婿说，显然他有点儿口是心非，"那就去刷牙洗漱吧，明天又要上学了！"

"我又不用去！"丹尼一如既往地反驳了这句话。

"如果大家的病都好了，我们下周日还可以去游乐园吗？"维尔玛高声问。

"倒也不会这么快。"我女儿说。维尔玛噘了噘下嘴唇，把最后一句话咽了回去。

第二十篇
这是为什么？

　　我和妻子回到阁楼，回到了我们的房间里。看过了晚间新闻后，我的妻子向后靠在扶手椅上，问我："那么，究竟怎样？"

　　电视上播放《犯罪现场》时，我完全沉睡了过去，因此这会儿精神好了很多，自然能够详细地回答她的问题。打从我讲起第一次遇上警察开始，她就需要一张纸巾，不是因为几乎快要消失的鼻塞，而是为了擦去她捧腹大笑时流下的眼泪。我在午夜时分讲完了整个游乐园之行以后，她坚持要我写下这个故事。

"这是为什么？"我问。

"作为一个睡前故事，"她说，"孩子们肯定会笑得合不拢嘴。"

"那他们的父母呢？"我问。

"他们也一样。如果他们没有笑呢，总有一天他们也会经历这些的。"

我还想顺便再提一下，第二天早上我的鼻子有些发痒。应该是湿衬衫的缘故。